Sueños

Dreams

Sabine R. Ulibarrí

The University of Texas-Pan American Press
Edinburg, Texas 78539

Published by:
The University of Texas-Pan American Press
Edinburg, Texas 78539

Illustrations
© 1994 Wilbert R. Martin

No part of this publication may be reproduced without the prior
permission of the author and artist. For permission write:
The University of Texas-Pan American
Edinburg, Texas 78539

Portrait of Author : Juan Maldonado
Book Design : Patricia de la Fuente
Cover Design : Wil Martin
Illustrations : Wil Martin

Library of Congress Cataloging in Publication Data:

Ulibarrí, Sabine R. Ulibarrí
Sueños = Dreams / Sabine R. Ulibarrí.
p. cm.
ISBN 0938738127
"English and Spanish."
1. Short stories–English. 2. Short stories–Spanish.
I. Title. II. Title: Dreams.
PQ7079.2.U4 S84 1994

I dedicate this book to

Concha Ortiz y Pino de Kleven

Foreword

Dreams are the stuff other dreams are made of. Sometimes they are the stuff that stories, long or short, are made of. Calderón claimed that life is a dream and that dreams are dreams too. Be that as it may, dreams play a major or minor role in the way we look at life, in the way we strut our stuff upon the stage.

Don Quijote dreamed that he was *el caballero andante* par excellence and went on to live his dream. Hernán Cortés dreamed an impossible dream and trod on the dubious light of that dream to its glorious fulfillment. Simón Bolívar dreamed the United States of South America and set out to make it happen only to become a tragic hero when the dream disintegrated. Martin Luther King had a dream and died in the living of it. Adolph Hitler had an obscene and evil dream and involved the whole world in its nefarious drama. Dreamers all. High rollers who lived life to the fullest and made the world go round.

Dreams fulfilled. Dreams denied. The human race, ever hopeful, lives in the pursuit of distant dreams: freedom, justice, health, and wealth. The human race treads gingerly through the shards and broken glass of shattered dreams as it makes its vacillating way.

Big dreams. Little dreams. We, individually, dwell in dreams, too. Each one of us has an image of ourselves, a vision, a mirage, a distant, divine destiny, not necessarily shared by others. We live by and for that image. We believe in it. If the image goes, if the dream goes poof, we are demolished. Alcoholism, insanity, suicide, nervous breakdowns, heart attacks and other health problems appear. If we lose our self image, we had better find, or invent, another one.

Self image is so important to the well-being of the individual that the schools dedicate a great deal of effort to

bolster and enhance the image children have of themselves. Politicians spend millions on creating and protecting an image that will get them elected. That image is a dream.

Now we come to the dreams we have every night as we sleep, or sometimes by day when we are awake. Not earth-shaping dreams like those of Don Quijote or Cortés. Mini-dreams. During the process of the dream everything in it is plausible, reasonable, and logical. When we awaken and try to reconstruct it, we generally fail to do so. First of all we can't recall the whole dream. Portions of it have gone poof. Other portions don't make sense.

We are often left with only a fragment of a dream and the frustrating and tantalizing desire to recall the parts that remain in the shadow. Such is the case with the stories that follow. I would wake up and remember only a part of the dream. It took me a long time to determine that these fragments were story material.

I started then to develop and elaborate on these fragments. This went on for a long time because I wanted all the stories to be of the same nature. I wanted also to maintain the same oneiric quality in my reconstruction. It was my hope that a pattern, some sort of unity, might emerge. Only you can determine if it did.

A dream is a dream.

Sabine R. Ulibarrí
Albuquerque, 1994

Table of Contents

Introduction

In this new collection of verbal tapestries, woven with the sure hands of a master story-teller, Sabine Ulibarrí takes us on a detour through the land of dreams and fantasies. We are invited to shun the humdrum rationality of our everyday world and venture into the realm of make believe and legend where justice, loyalty, and true love are dreams that may be realized.

As in his previous collections, in particular the classics *Tierra Amarilla* and *Mi abuela fumaba puros*, Ulibarrí's style suggests the oral tradition of story telling, in which the narrator spins a magical web around his readers, drawing us into the intimate circle in which dreams take on tangible shapes and forms. The *what is* of our everyday world becomes the *what might be* of the dream world, and our imaginations are set free to follow the narrator into other dimensions created expressly for our delight and entertainment.

In "Two Mirrors" we explore the multiple-layered reality of the human mind faced with the fundamental choice between good and evil. "An Enigma in Black and White" also involves an evil presence in the form of the wolf who resolves the enigma in a tragic way. "The Ring" is a fantasy of an impossible love, a man's search for the dream woman. "The Secret" is a heart-warming tale of a grandmother whose decision to share her secret brings her peace of mind in her final moments. "An Indian Love Story" is the account of enduring love which outlasts the lovers themselves. "The Cup of Gold" is a fantasy of miracles, love, and the triumph of good over evil, as is "A Walking Dream" in which a cynical man is changed through a miraculous accident. "A Name, That's All" tells a reverse side of the Cinderella tale in which the dream woman loses her appeal. Both "Mount Abrán" and "The Son of Death" tell tragic tales of love.

The virtue of these dream-stories lies in their unselfconscious simplicity and the archetypal echoes they sound in our own memories. They speak to the child in us, to the dreamer, and the romantic, reminding us that if life is, as Calderón once said, only a dream, then dreams may well take on a reality of their own. Ulibarrí explores, with his customary virtuosity, the reality of such dreams.

Patricia de la Fuente, Ph. D.
Edinburg, July, 1994

Un enigma en blanco y negro

An Enigma in Black and White

Un enigma
en blanco y negro

Mucho antes de ver u oír nada, ya Andrés González tenía la sensación de que algo estaba fuera de quicio. Tenía la fuerte impresión de que estaba vigilado, que unos ojos lo estaban espiando, que alguien o algo lo estaba siguiendo. Su perro se detenía de cuando en cuando y gruñía, el pelo del lomo erizado.

Andrés se detenía y miraba a todas partes. Nada. El susurro de los pinos y el murmullo del arroyo acentuaban la tranquilidad y el silencio de la montaña. Seguía su camino. La incómoda sensación persistía. El perro seguía gruñendo.

En una de esas paradas creyó ver un movimiento entre las frondas y arbustos en la distancia. Se quedó esperando. Poco a poco, como tentativamente, fue apareciendo un bulto de la maleza. Andrés primero creyó que era una cabra. Era blanco y tenía cara y cuernos negros.

Los dos se quedaron quietos y silenciosos por largo rato, mirándose de hito en hito. El perro quiso atacar, pero Andrés lo detuvo. El animal se envalentonó y empezó a acercarse, arrastrándose por el suelo, deliberado, siniestro.

Cuando Andrés lo pudo examinar bien vio que no era cabra. Era un lobo. No tenía cuernos. Eran orejas. Negras, agudas, rectas. Se dio cuenta que era blanco solo por fuera. Al moverse se le abría el pelo y mostraba que bajo la superficie el pelo era negro. Su aspecto era atrevido y desafiante. No gruñia. El sonido que producía era algo entre graznido y ronquido. Bajo, baboso y repugnante.

Era maligno y amenazante. Diabólico. Su capa blanca era un disfraz para esconder la maldad que llevaba dentro. La cara y las orejas negras—que parecían cuernos—presentaban una imagen de otro y negro mundo. Su aliento fétido de carne

An Enigma
in Black and White

Long before he saw or heard anything, Andrés González already had the sensation that something was wrong. He had the strong impression that he was being watched, that eyes were spying on him, that someone or something was following him. His dog would stop now and then and growl, the hair on his back bristled.

Andrés would stop and look everywhere. Nothing. The whisper of the pine trees and the murmur of the stream accentuated the tranquility and the silence of the mountain. He would continue his walk. The unpleasant sensation persisted. The dog kept on growling.

On one of these stops he thought he saw some movement among the ferns and bushes in the distance. He waited. Little by little, as if tentatively, a shape begin to emerge from the undergrowth. Andrés thought at first that it was a goat. It was white and had a black face and black horns.

The two remained still and silent for a long while, staring at each other. The dog tried to attack, but Andrés held him back. The animal took courage and came closer, dragging himself on the ground, deliberately, perversely.

When Andrés could examine it well, he saw that it was not a goat. It was a wolf. It didn't have horns. They were ears. Black, pointed, erect. He noticed that he was white only on the outside. As it moved, its hair parted and showed that under the surface the hair was black. His appearance was bold and threatening. It didn't growl. The sound it produced was something between a croak and a snore. Low, driveling, and repugnant.

He was evil and menacing. Diabolical. Its white cape was a disguise to conceal the wickedness he carried within.

podrida completaba la impresión.

Pero lo que más le ponía el sello satánico a este lobo era su mirada. Era una mirada llena de odio, un odio personal, feroz y ponzoñoso. No era la rabia que a veces se ve en una fiera. Era una venganza. Este lobo tenía un reclamo íntimo y amargo contra Andrés.

Los pinos susurraban tranquilos. El arroyo murmuraba inocente. La naturaleza se mostraba indiferente. El silencio bostezaba en paz y calma. En el centro, solos, un hombre y una fiera, enfrentados, cara a cara, ojo a ojo, cuerpo a cuerpo, en magnética y eléctrica porfía.

• • •

Andrés y José Miguel habían crecido juntos, casi como hermanos. Compañeros siempre, en el bien y en el mal. Juegos, deportes, vacaciones, fiestas compartidas. Yo para ti, tú para mí. Los veranos los dos amigos se iban a la montaña a una cabaña de la familia de Andrés a pescar, a cazar perdices, ardillas y conejos, a nadar en los remansos del arroyo, a pasear a caballo, a trepar riscos, a comentar libros leídos, a asar carnes, pescados o elotes sobre las brasas, a cantar o contar cuentos. Este era el momento mágico de su existencia. El gran escape. Salir de la rutina de todos los días, desviarse de la costumbre, de darle rienda suelta a la libertad, a la ilusión y a la fantasía. Todo era una seda, un perfume, un total desahogo. Andrés y José Miguel se querían. Se querían de verdad.

De pronto apareció el quién sabe, el yo no sé qué, el destino. Senaida. Al principio los dos varones y la chica fueron un anillo de amistad y cariño, sin principio ni fin. Juntos al cine, a los partidos de básket y fútbol, a las fiestas y días de campo.

No supieron ellos precisamente cuando apuntó el amor. Pero pronto lo supieron. Andrés y José Miguel estaban locamente enamorados de Senaida. Ella estaba enamorada de los dos. Mientras que Senaida no mostró preferencia por uno de ellos la santa trinidad siguió su alegre camino.

Cuando se hizo patente que Andrés era el elegido, la

The black face and the black ears—that looked like horns—
presented an image of another, black world. Its fetid breath of
rotten meat completed the impression.

But what placed the satanic seal on this wolf was the
look in his eyes. It was a look full of hatred, a personal hatred,
fierce and poisonous. It wasn't the fury that can sometimes be
seen in a wild beast. It was a vengeance. This wolf had an
intimate and bitter claim against Andrés.

The pine trees whispered serenely. The stream mur-
mured innocently. Nature appeared indifferent. The silence
yawned in peace and quiet. In the center, alone, a man and a
wild beast faced each other, face to face, eye to eye, body to
body, in a magnetic and electrical tenacity.

● ● ●

Andrés and José Miguel had grown up together, almost
like brothers. Always together, in all things, good and bad.
Games, sports, vacations, parties, all shared. I for you. You for
me. During the summers the two friends went up to the mountains to a cabin that belonged to Andrés' family to fish, hunt
grouse, squirrels, and rabbits, swim in the pools of the stream,
ride horseback, climb cliffs, discuss books read, roast meat,
fish, and ears of corn over the coals, sing and tell stories. This
was the magic moment of their existence. The great escape.
To leave behind the routine of every day, escape from habits,
give free rein to liberty, illusion, and fantasy. Everything as
smooth as silk, as sweet as perfume, a complete letting go.
Andrés and José Miguel liked each other. They really did.

Suddenly the unknown, the who-knows, the I-don't-
know-what, destiny, made its appearance. Senaida. At the
beginning, the two young men and the girl were a ring of
friendship and affection, without a beginning and without an
end. Together at basket and football games, at parties and
picnics.

They didn't know exactly when love made its appearance. But suddenly it did. Andrés and José Miguel were
madly in love with Senaida. She was in love with both of them.

amistad entre los dos amigos se enfrió. Cuando se anunció la
boda entre Andrés y Senaida, José Miguel desapareció.

El día de la boda fue un día de gloria para los dos
amantes primero, más tarde fue un día de honda pena. Esa
misma tarde se anunció en el pueblo que José Miguel había
muerto en un accidente. Se cayó de un despeñadero allá en la
sierra.

Hubo algunos que dijeron que no había sido accidente,
que José Miguel se había quitado la vida por el desaire que
Andrés y Senaida le habían hecho. Por supuesto, no había
testigos o evidencia por una parte o la otra.

No se mencionó el nombre de José Miguel nunca en la
casa de los González. No se puede saber si fue porque se
sentían culpables o porque el recuerdo era demasiado triste.
Andrés no volvió a la cabaña en la montaña por varios años,
por las mismas misteriosas razones.

• • •

Esta era la primera visita. Visitó el despeñadero de
José Miguel. Recorrió las antiguas veredas que los dos habían
pisado. Se quedó en la cabaña que tantos recuerdos guardaba.
Nostalgia, penitencia, sentimiento, culpa. ¿Quién sabe? Tal
vez un poco de todas. En estas andanzas andaba Andrés
cuando se encontró con el lobo blanco con cara y orejas negras.

Andrés estaba tieso de miedo. Hipnotizado. Atado al
suelo como poste. Le corría un sudor frío de las axilas. Sentía
un hormigueo eléctrico por las piernas. Tenía un hueco oscuro
detrás del ombligo. La boca seca. El sabía que los lobos no
atacan al hombre excepto en raras ocasiones. Si se les deja
solos, te dejan solo. Pero este lobo no era como los otros, y ésta
no era una ocasión ordinaria.

El lobo seguía echado sobre sus cuatro patas, hecho
resorte, hecho catapulta. Su bajo gruñido rezongón era una
canción de odio y violencia. Sus colmillos desnudos lanzaban
destellos de luz. El tiempo detenido, suspendido. Una bomba,
una explosión, una vorágine pronta a reventar. La escena
estática, inmóvil pero palpitante.

As long as Senaida didn't show any preference for one of them, the holy trinity continued in its merry way.

When it became evident that Andrés was the chosen one, the friendship between the two cooled off. When the wedding between Andrés and Senaida was announced, José Miguel disappeared.

At first, the day of the wedding was a day of glory for the two lovers, later it was a day of deep sorrow. It was announced in town that same afternoon that José Miguel had died in an accident. He fell off a precipice up in the mountains.

There were some who said that it had not been an accident, that José Miguel had taken his own life because of the rebuff he had received from Andrés and Senaida. Naturally, there were no witnesses or evidence on one side or the other.

The name of José Miguel was never mentioned in the Gonzalez' house. One cannot know whether it was because they felt guilty or because the memory was too painful. Andrés did not return to the cabin in the mountains for several years for the same mysterious reason.

• • •

This was the first visit. He went to José Miguel's precipice. He covered all the paths they had walked together. He stayed in the cabin that held so many memories. Nostalgia, penitence, sentiment, guilt. Who knows? Maybe a little of each. This was what Andrés was doing when he ran into the white wolf with a black face and black ears.

Andrés was stiff with fear. Hypnotized. Stuck to the ground like a post. Cold sweat poured from his armpits. He felt an electrical tingling sensation in his legs. He had a dark hollow behind his belly button. His mouth was dry. He knew that wolves do not attack men except on rare occasions. If you leave them alone, they leave you alone. But this wolf was not like the others, and this was not an ordinary occasion.

The wolf, crouching on its four legs, could become a spring, a catapult. His low, mumbling growl was a song of hate and violence. His naked fangs gave off flashes of light. Time

De pronto la tranquilidad se desata. Explota. El lobo se lanza. Salta, vuela, a una altura de tres metros por encima de la figura de un hombre petrificado. En su trayectoria de arco iris se oyó un aullido arrogante y espeluznante que se quedó pendiente en el aire. El lobo cayó a la tierra corriendo y se perdió en el bosque.

Por un largo rato Andrés no se dio cuenta de que el peligro había pasado, que el lobo ya no estaba. Poco a poco cayó en sí. El drama pasó—y no pasó. Andrés se quedó con la convicción de que el lobo le había hablado. El aullido había sido una comunicación, el aullido, sin palabras, le había dicho, de una manera fantasmagórica, *"Eres mío. No te escaparás."*

Los días que siguieron fueron un laberinto de amenazas, de sospechas y temores. Salía al campo y siempre estaba seguro que el lobo lo perseguía, lo acechaba. A veces lo veía a lo lejos, acompañado de una loba. Por las noches lo oía aullando a la luna.

Una mañana se levantó y descubrió a su querido perro muerto, hecho tiras por dientes feroces. Otras mañanas descubría los restos de un conejo, un pavo o una ardilla. Desperdicios abusivos. El lobo parecía divertirse burlándose de Andrés. El asedio era constante e implacable.

Por las noches Andrés lo oía aullar. Largos lamentos de sufrimiento y reto. Una noche creyó percibir en el aullido el nombre de Senaida. Después quedó seguro. ¡El lobo estaba llorando por su querida perdida!

Esto, la percibida comunicación, *"Eres mío; no te escaparás,"* el evidente odio personal, y la implacable persecución llevaron a Andrés a la conclusión de que el lobo era José Miguel. Todo parecía comprobarlo. Seguramente el espíritu angustiado de José Miguel, inconfeso y descomulgado, se encarnó en el animal. Después esperó la oportunidad para realizar su venganza. Andrés estaba convencido.

Nosotros podemos sostener que todo esto se puede explicar como algo lógico y normal sin nada de milagro. El lobo pudo haber estado bravo y furioso con los hombres por alguna crueldad que un hombre le hizo. El colorido blanco y negro pudo haber sido cosa de cromosomas o mutaciones. Las

stopped, suspended. A bomb, an explosion, a vortex ready to burst. The scene was static, motionless but throbbing.

Suddenly the tranquility comes apart. It explodes. The wolf strikes. He jumps, flies at a height of nine feet over the figure of a petrified man. In its arched trajectory an arrogant and frightening howl was heard and remained hanging in the air. The wolf hit the ground running and disappeared into the forest.

For a long while Andrés wasn't aware that the danger was over, that the wolf was gone. Little by little he came to. The drama was over_and it wasn't. Andrés was convinced that the wolf had spoken to him. The howl had been a communication. The howl, without words, had told him in some phantasmagoric manner, *"You are mine. You will not escape."*

The days that followed were a labyrinth of threats, doubts, and fears. When he went out, he was always certain that the wolf was following him, spying on him. Sometimes he saw it in the distance, accompanied by a normal female. At night he heard him howling at the moon.

One morning he got up and found his beloved dog dead, torn to pieces by ferocious teeth. Other mornings he found the remains of a rabbit, a turkey, or a squirrel. Hasty left overs. The wolf seemed to amuse himself mocking Andrés. The siege was constant and implacable.

At night Andrés heard it howl. Long laments full of suffering and menace. One night he thought he heard the name of Senaida in the howl. Later he was certain. The wolf was crying for his lost love!

This, the perceived communication, *"You are mine; you will not escape,"* the obvious personal hatred and the unrelenting persecution took Andrés to the conclusion that the wolf was José Miguel. Everything seemed to prove it. Assuredly the anguished spirit of José Miguel, without a last confession, excommunicated, descended into the animal. Then he waited for the opportunity to bring about his vengeance. Andrés was convinced.

We can maintain that all of this can be explained as something logical and normal with nothing miraculous about

supuestas comunicaciones pudieron haber sido pura imaginación, dado el estado de ánimo en que Andrés se encontraba. Claro, no podemos probar nada.

Fuera una o la otra cosa, el drama continuaba. Ahora Andrés llevaba un rifle. El terror que sentía era real y profundo. El lobo seguía acechándolo, apareciendo y desapareciendo inesperadamente. Andrés no se fue a casa para no admitir derrota. Tuvo muchas oportunidades de matarlo. No pudo. Le pareció obsceno. Inhumano. Como un asesinato. Como matar a José Miguel.

El despeñadero donde se mató José Miguel era un imán que atraía a Andrés irresistiblemente. Todos los días pasaba por allí. Pasaba allí largo rato contemplando, ensimismado.

Aquella mañana estaba allí como de costumbre. Estaba en la misma orilla del precipicio. De pronto se percató de que el lobo estaba con él. Estaba echado sobre las cuatro patas, como en cuclillas, hecho resorte, hecho catapulta. Andrés vio que estaba por asaltar. Se preparó.

El lobo se desató como una flecha. Voló a una altura de tres metros sobre Andrés y desapareció en el aire. Se estrelló al pie del precipicio donde antes se había estrellado José Miguel.

Andrés se quedó temblando. El rifle apuntando al aire. Un hondo vacío detrás del ombligo. Quedó convencido que José Miguel quiso hacerle daño pero no pudo. Que prefirió suicidarse.

¿Fue accidente una o dos veces? ¿Fue suicidio una o dos veces? ¿Cuánto supo y entendió el lobo de lo que aquí se ha relatado?

¿Quién sabe?

it. The wolf could have been vengeful and vicious with men because of a cruelty done to it by some man. The black and white coloring could have been a matter of chromosomes or mutations. The supposed communications could have imagination, given the state of mind in which Andrés found himself. Of course, we can't prove anything.

Be it one thing or the other, the drama went on. Now Andrés carried a rifle. The terror that he felt was real and deep. The wolf continued to ambush him, appearing and disappearing unexpectedly. Andrés didn't go home because he didn't want to admit defeat.

Andrés had many opportunities to kill the wolf. He couldn't. It seemed obscene. Inhuman. Like a murder. Like killing José Miguel.

The cliff where José Miguel killed himself was a magnet that attracted Andrés irresistibly. He went there every day. He would spend a long time there, contemplating, absorbed.

This morning he was there as usual. He was at the very edge of the cliff. He became aware suddenly that the wolf was with him. He was crouched on his four legs, like squatting, ready to become a spring or a catapult. Andrés saw he was about to attack. He prepared himself.

Suddenly the wolf shot out like all arrow. It flew at a height of nine feet, above Andrés, and disappeared in the air. It crashed at the foot of the precipice where José Miguel had crashed before.

Andrés was trembling. His rifle pointing in the air. A deep vacuum behind his belly button. He was certain that José Miguel tried to harm him and couldn't do it, that he preferred to commit suicide.

Was it an accident one or two times? Was it suicide one or two times? How much did the wolf know and understand about what has been said here?

Who knows?

El anillo de la verdad

The Ring of Truth

El anillo de la verdad

Iba Nicolás por la calle. A su izquierda había un hotel, a su derecha estaba la playa. La brisa suave y fresca. Las palmeras llenas de sol y vida. Iba pensativo y melancólico, como de costumbre. Iba con prisa.

Sin saber porqué, se le antojó entrar por el hotel y salir en el otro extremo. Se halló en un largo pasillo. Ventanas que daban al mar por un lado. Las puertas de las habitaciones por el otro. Allí se reunían los huéspedes al atardecer a contemplar reverentes los colores incandescentes del sol poniente. Nicolás se figuró que las habitaciones tendrían ventanas que daban a un jardín detrás del hotel.

De pronto Nicolás se dió cuenta que se tardaba demasiado en llegar al fin del pasillo. Apretó el paso. Sintió de pronto un pequeño aprieto de una pequeña inquietud. Se la sacudió. Tenía prisa.

Cuando creyó que nunca iba a llegar, llegó. ¡Pero no había salida! Irritado, y de muy mala gana, bajó la escalera al piso inferior. Allí dio con una hermosa mujer.

—Por favor, señora, ¿me puede usted decir por dónde puedo yo salir de este serenado hotel?

—Venga conmigo, caballero. Yo le indicaré.

La siguió por varios corredores hasta llegar a una puerta verde. Puerta de mala muerte. Nicolás se supuso que era puerta de servicio. Al ir tras ella Nicolás se dió cuenta de la poesía y la melodía de sus movimientos. No andaba, ondulaba, flotaba, en acción lenta y deliberada, llena de gracia, como en un sueño, como en otro tiempo, como algo imaginado.

—Le ofrezco su salida y escape, caballero. Yo soy Ivana.

—Gracias mil, bella dama. He perdido el afán de salir. Yo soy Nicolás.

Se dieron la mano. El contacto fue eléctrico, magnético. Algo fuera de este mundo, algo cósmico. Nicolás sintió que Dios

The Ring of Truth

Nicolás walked down the street. On his left there was a hotel, on his right, the beach. The breeze was soft and cool. The palm trees were brimming with sunlight and life. He was pensive and blue, as was his custom. And in a hurry.

Without knowing why, he took a notion to walk through the hotel and come out at the other side. He found himself in a long passageway. There were windows facing the sea on one side, doors to the rooms on the other. The guests of the hotel would gather there at sunset to gaze in reverence at the incandescent colors of the setting sun. Nicolás imagined that the hotel rooms had windows that opened up into a garden behind the hotel.

Suddenly Nicolás realized that it was taking a long time to reach the end of the passageway. He walked faster, feeling a tiny squeeze of anguish inside. He shook it off. He was in a hurry.

When he thought he would never get there, he did. But there was no way out! Irritated, and out of sorts, he went down the stairs to the lower floor. There he ran into a beautiful woman.

—Please, lady, can you tell me how I can get out of this blasted hotel?

—Come with me, sir, I'll show you.

He followed her through several hallways until they came to a green door. As he walked behind her, Nicolás became aware of the poetry and melody of her movements. She didn't walk, she rippled, she floated in slow, deliberate motion, full of grace, as if in a dream, as if in another time, something imagined.

—Here's your way out and escape, sir. I am Ivana.

—A thousand thanks, lovely lady. I am no longer in a hurry to leave. I am Nicolás.

They shook hands. The contact was electric, magnetic.

le sonreía, que le temblaba el alma, que la sangre le hervía. No
podemos saber cuáles fueron las sensaciones y sentimientos de
Ivana. A juzgar por la vibrante y palpitante mirada de sus
ojos, fueron los mismos.

Al soltarse las manos, Ivana se decía para sí, sin saber
que lo hacía, "Esos ojos tienen algo. ¡Algo que me fascina, algo
que me roba a mí de mí!" Lo decía en voz baja y sutil, casi
susurro, casi suspiro. Nicolás se decía para sí, sabiendo que lo
hacía, "¡Esos ojos me fulminan, me dominan, me conquistan!"
Nicolás oyó lo que Ivana decía porque lo repetía. Ella no oyó lo
que él decía, pero supo lo que él decía sin que lo repitiera. Este
momento mágico no duró mucho, pero para esos dos durará
para siempre. Fue como un sueño en que se suspenden los
cinco sentidos: se suspenden la sospecha, la razón, la lógica, la
incredulidad y el criterio. Entran en juego otros cinco sentidos
que aún no tienen nombre.

Salieron al jardín. Era exactamente como Nicolás lo
había imaginado. Se despidieron cortés y cordialmente. El
tenía prisa. Ella se queda callada agitando la mano. El se
aleja muy despacio agitando la mano.

Repentinamente, ella le grita, "¿Sabes, Nicolás, que yo
tuve un novio en Turquía?" Nicolás sintió un tremendo
contento que ella dijera *tuve* y no *tengo*. Difícil es saber por
qué, ya que apenas se conocían, que apenas habían cambiado
dos palabras.

Inexplicablemente Ivana empieza a correr hacia Nicolás.
El la ve acercarse como desde lejos, como en un sueño. Ve que
ella parece que flota sobre la tierra, algo así como vimos a los
astronautas en la luna. La espera con el corazón en la boca y el
alma en los ojos.

Jadeante ella, palpitante él. Se quitó el anillo de la
mano izquierda. Estaba claro que era un anillo de compromiso,
un brillante en arco de oro.

—Toma, Nicolás, llévatelo.

—No debo, Ivana. Debe serte importante.

—Es que esto se acaba, y no quiero que me olvides.
Llévatelo.

Sin saber cómo, Ivana estaba en los brazos de Nicolás.

Something out of this world, something cosmic. Nicolás felt
that God was smiling on him, that his soul was trembling, that
his blood was boiling. We have no way of knowing what
Ivana's sensations and feelings were. To judge by the vibrant
and pulsating look in her eyes, they were the same.

As their hands came apart, Ivana said to herself, without knowing that she did so, "Those eyes have something.
Something that fascinates me, something that deprives me of
myself!" She said it in a low and faint voice, almost a whisper,
almost a sigh. Nicolás said to himself, knowing that he did so,
"Those eyes set me on fire, dominate me, conquer me!" Nicolás
heard what Ivana was saying because she kept on repeating it.
She didn't hear what he said, but she knew what he said,
without his repeating it. This magic moment didn't last long,
but for those two it would last forever. It was like a dream
when the five senses are suspended: suspicion, reason, logic,
disbelief and criteria. Other five senses come into play, senses
that do not yet have a name.

They went out into the garden. It was exactly as
Nicolás had imagined it. They said goodbye politely and affectionately. He was in a hurry. She stays behind, silently waving her hand. He walks away very slowly waving his hand.

Suddenly she shouts, "I want you to know, Nicolás that
I had a sweetheart in Turkey." Nicolás felt a great satisfaction
that she said "had" instead of "have". It is difficult to know
why, considering that they barely knew each other, that they
had hardly exchanged a couple of words.

For no apparent reason, Ivana begins to run toward
Nicolás. He sees her coming as if from a distance, as if in a
dream. He sees that she seems to float over the earth. Something like the astronauts walking on the moon. He waits for
her with his heart in his mouth and his soul in his eyes.

She, panting. He, vibrating. She removed a ring from
her left hand. Obviously it was an engagement ring, a solitary
diamond set in gold.

—Here, Nicolás, take it.

—I shouldn't, Ivana. It must be important to you.

—All of this is coming to an end, and I don't want you to
forget me. Take it.

El se oyó susurrándole al oído:

—Ivana, sospecho que tienes música en las venas. ¿Es verdad?

—Yo no sé. Dime tú.

—Creo que hay risa en tu alma. ¿Es verdad?

—Yo no sé. Dime tú.

—Estoy convencido que llevas una canción detrás de tus ojos dorados. ¿Es verdad?

—Yo no sé. Dime tú. Tú con tus ojos de gato, puedes verlo y saberlo todo. Dime tú si tengo música en la sangre, risa en el alma y una canción escondida en los ojos.

Por allí por los detrases y sombras de su pensamiento, Nicolás medio percibió que todo esto era algo ritualista, ceremonial, cabalista, algo irreal. Lo pensó, pero no le hizo caso. Al llegar este momento, bajó el telón. El drama se acabó. Nicolás despertó. Se quedó un momento indeciso y confundido, suspendido entre el acá y el allá. Las imágenes de su sueño aleteaban a su redor, sin detenerse en ningún orden, venían y se iban. Menos una. Los ojos dorados con su mirada penetrante y punzante. Esa, la llevaba clavada en el corazón.

Se sintió irritado de haber despertado en momento tan inoportuno. El instante mismo en que pudo haber pasado el gran milagro. Ni siquiera llegó a besarla. ¡Qué traicioneros son los sueños!

Nicolás se levantó y se bañó. En la ducha, entregado a las caricias del agua caliente, mentalmente se paseaba por los paisajes interiores con Ivana de la mano. Su rostro revelaba el intenso contento que llevaba dentro.

Cuando se vistió se encontró un anillo de mujer en el bolsillo, un anillo de oro con un brillante. Un anillo de compromiso. ¡Era el anillo que Ivana le dio en su sueño!

La razón del soñador saltó de inmediato a despabilar imposibles. No era el mismo anillo. No podía ser. De seguro él se había hallado el anillo y lo había olvidado como olvidaba tantas cosas. El anillo había venido primero y había solicitado el sueño. Eso decía la razón. El no lo creyó. Quedó convencido que ese anillo había pasado, de una manera misteriosa e inexplicable, del mundo del más allá al mundo del más acá.

Somehow, Ivana was in Nicolás' arms. He heard himself murmuring into her ear.

—Ivana, I suspect that you have music in your veins. Is it true?

—I don't know. You tell me.

—I am convinced that there is a song behind your golden eyes. Is it true?'

—I don't know. You tell me. You, with the eyes of the cat, can see it all and know it all. Tell me if I have music in my blood, laughter in my soul, and a song hidden in my eyes.

Back in the shadows of his mind, Nicolás almost perceived that all of this was ritualistic, ceremonial, cabalistic, something unreal. He thought about it but ignored it.

At this moment, the curtain came down. The play was over. Nicolás woke up. He remained indecisive and confused for a moment, suspended between the here and the there. The images of his dream fluttered around him, without falling into any pattern. They came and they went. All, except one. The eyes of sun-drenched gold with their penetrating and throbbing look. That look was buried and fixed in his heart.

He was annoyed at having awakened at such an inopportune moment. The very moment when the great miracle might have happened. He didn't even get to kiss her. How treacherous dreams can be!

Nicolás got up and took a bath. In the shower, as he surrendered to the caresses of the warm water, he strolled mentally through internal landscapes with Ivana by the hand. His face revealed the intense satisfaction he felt inside.

When he put on his clothes he found a lady's ring in his pocket, a gold ring with a solitary diamond. An engagement ring. It was the ring Ivana gave him in his dream.

The dreamer's reason came out immediately to snuff out impossibilities. It wasn't the same ring. It couldn't be. Obviously he had found the ring and forgotten about it as he did so many things. The ring had come first and had solicited the dream. That's what reason said. He didn't believe it. He was convinced that the ring had come, in a mysterious and inexplicable way, from the world of the great beyond to the world of the great right here.

Pasaron los años. Nicolás nunca se casó. Nunca tuvo amores. Amoríos, muchos. Siempre buscando a Ivana en otras mujeres. Nunca la encontró.

Un día Nicolás se encontró en una isla lejana, nunca vista antes. Andaba de vacaciones, paseando su soledad y su constante melancolía. Iba solo por la calle. A su derecha estaba el mar. La brisa suave y fresca. Las palmeras llenas de sol y vida. Iba pensativo y triste como de costumbre.

De repente, y de buenas a primeras, se percató que a su izquierda estaba un hotel. ¡Era el mismo que un día viera en un sueño de otro tiempo! Entró, enloquecido casi, jadeante y tembloroso, esperando hallar a Ivana. Todo era como él lo recordaba. Allí estaba el largo pasillo con sus ventanales que daban al mar. Lo repasó corriendo, bajó la escalera en el fondo a saltos, encontró la puerta verde de mala muerte y salió al jardín. Nada. Ivana no estaba. Quiso gritarle, pero no lo hizo.

Era el atardecer. Los huéspedes del hotel se encontraban en el pasillo, Nicolás entre ellos, contemplando el sol poniente que inundaba la superficie del cielo y del mar de colores y fuegos incandescentes.

Nicolás acariciaba un anillo de oro y un brillante que llevaba en una cadena de oro en el cuello con infinita ternura. Estaba visto que la barrera entre el mundo ideal y el mundo real había dejado de existir para él. El cruzaba esa frontera, ida y vuelta, como si no la hubiera.

Hay que decirlo. Nicolás era prisionero permanente de un amor imposible. La dueña de sus amores y sus sueños era una mujer ideal, mujer imagen, mujer idea. Incorpórea, inalcanzable, intocable. Una mujer que ritmaba en la sangre de Nicolás, que reía en su alma y cantaba en sus ojos. Sólo él, con sus ojos de gato, la puede ver. Dentro de un anillo interno y mágico Nicolás e Ivana viven y se quieren un un jardín tropical onírico.

The years went by. Nicolás never married. He never
fell in love. Love affairs, many. He was forever searching for
Ivana in other women. He never found her.

One day Nicolás found himself in a far-away island he
had never seen before. He was on his vacation, strolling with
his loneliness and his constant melancholy. He walked alone
down the street. The sea was on his right; the breeze soft and
cool. The palm trees were brimming over with sunlight and
life. He was pensive and sad, as usual.

All of a sudden, and by surprise, he became aware of a
hotel on his left. It was the same hotel he saw one day in a
dream of another time! He ran in, half out of his mind, panting
and tremulous, expecting to find Ivana. Everything was as he
remembered it. The long passageway with its windows facing
the sea. He went through it on the run, ran down the stairs, at
the end, found the battered green door and went out into the
garden. Nothing. Ivana wasn't there. He wanted to shout to
her, but he didn't.

It was late afternoon. The hotel guests were in the
passageway, Nicolás among them, contemplating the setting
sun as it flooded the surface of the sky and the sea with
incandescent colors and fires.

Nicolás fondled a gold ring with a solitary diamond that
he carried on a gold chain around his neck with infinite
tenderness. It was clear that the barrier between the ideal and
the real world had ceased to exist for him. He crossed that
frontier back and forth as if it were not there.

It has to be said. Nicolás was the permanent prisoner of
an impossible love. The mistress of his love and dreams was an
ideal woman, an image woman, an idea woman. Ethereal,
unreachable, untouchable. A woman who was melody in
Nicolás' blood, laughter in his soul, a song in his eyes. Only he,
with the eyes of a cat, can see her. Inside an inner and magical
ring, Nicolás and Ivana live and love in a dream-made tropical
garden.

El secreto

The Secret

El secreto

Doña Margarita Serrano andaba muy contenta aquella mañana. Canturreaba al moverse por la casa con sus quehaceres. A veces se detenía y quedaba como suspendida, una expresión de infinita ternura en la cara, pensando, recordando. Luego, daba un saltito como de baile, hacía dos o tres piruetas y agitaba la bayeta como si fuera un pañuelo de seda. Todo con mucho cuidado, tentativamente, más gesto que acción. Luego continuaba su grata labor. A ratos cantaba una frase o un refrán de una vieja canción.

Doña Margarita tendría unos ochenta y cinco años. Era viuda. Su marido habia muerto hacía mucho. Su único hijo era ya hombre casado que tenía una hija en la universidad. El hijo había querido llevarse a su madre a vivir con él y su familia. La viejita independiente no quiso. No quiso abandonar su casa donde estaba acumulado el amor de toda su vida, habitada de vivos y alegres recuerdos.

La nieta era la niña de los ojos de la abuela. Se llamaba Margarita también, y ella adoraba a la madre de su padre. Pasaban mucho tiempo juntas en animada y grata charla. Todos los días a las cuatro de la tarde venía la joven. Preparaba la cena, y a eso de las seis cenaban. La chica le contaba a la anciana sus experiencias del día, sus preocupaciones, sus proyectos. Le pedía consejos. Quería saber su parecer. La viejita la aconsejaba donde podía. Le contaba cosas de su propia vida. A veces le decía, "Yo no sé, mi hijita. Ya eres mayorcita y tienes que abrirte tu propio camino. Tienes que encargarte de tu propia vida." O algo parecido. Lo curioso era que la menor podía contarle a la mayor cosas muy íntimas y personales, cosas que no podía discutir con su padre ni su madre. Y la viejita comprendía.

Ahora nos toca averiguar el porqué de la alegría de doña Margarita en ese día en especial. Es que la noche anterior la viuda de Serrano no durmió mucho. Se pasó la noche dándose vueltas en la cama luchando con un viejo problema que llevaba

The Secret

      Doña Margarita Serrano was very happy this morning. She hummed as she moved about the house doing her work. Sometimes she paused and stood as if suspended, an expression of infinite tenderness on her face, thinking, remembering. Then she skipped, as if dancing, pirouetted two or three times and waved the cleaning cloth like a silk handkerchief. All of this very carefully, tentatively, more of a gesture than an action. Then she carried on with her pleasant labors. At times she would sing a phrase or a refrain of an old song.

      Doña Margarita was about eighty-five years old. She was a widow. Her husband had died a long time ago. Her only son was now a married man who had a daughter at the university. The son had wanted to take his mother to live with him and his family. The independent old lady refused. She didn't want to give up her house where the love of a lifetime was stored, where living and happy memories lived.

      The granddaughter was the apple of her grandmother's eye. Her name was Margarita also, and she adored her father's mother. They spent a great deal of time together in lively and pleasant conversation. The young lady came over every day at four o'clock in the afternoon. She prepared supper, and they ate around six. The girl told the old lady about the day's experiences, her concerns, her plans. She asked her advice. She wanted to know her opinion. The old one advised her when she could. She told her things about her own life. Sometimes she would tell her, "I don't know, dear. You're quite grown up, and you have to make your own way. You have to take charge of your own life." Or something like it. The strange thing was that the young one could tell the old one very intimate and personal things, things she couldn't discuss with her father or her mother. And the old lady understood.

      Now let us find out the reason for Doña Margarita's happi-

dentro desde que era joven. A las altas horas de la madrugada
resolvió su problema. Tomó una determinación. Una determinación que no había podido, o no había querido tomar antes. Una
vez decidida, se durmió como un ángel. Se despertó consolada,
aliviada, feliz. Quería cantar. Quería bailar. Como en sus
mejores días.

    Doña Margarita habia guardado un secreto en su más
escondida intimidad desde quién sabe cuando. Muchas veces trató
de revelarlo, pero no pudo o no quiso. Hubo ocasiones cuando casi,
casi se lo contó a su marido, a quien amó mucho, pero no resultó.
Mucho más tarde estuvo a punto de confiar en su hijo, y ocurrió lo
mismo. Ocurrió la misma cosa con Margarita. Parecía que el
secreto no iba a salir nunca. Pero la noche anterior, después de
mucha angustia, mucha tribulación, la viejita se decidió a
revelarle a su nieta su secreto.

    No hay manera de saber cuál fuera la naturaleza de ese
algo misterioso que tan celosamente había protegido. Acaso fuera
una aventura amorosa antes o después del matrimonio. Tal vez
fuera una ventura atrevida de una u otra índole. ¿Algo
pecaminoso? ¿Algo insensato? A lo mejor no fue ningún acto sino
algo totalmente inocente, una ilusión, una ambición, un fervoroso
deseo de algo prohibido. Un amor o un odio silencioso. ¿Quién
sabe? Lo cierto es, fuera lo que fuera, doña Margarita no pareció
tener nunca un sentimiento de culpabilidad o de pecado. Eso
tampoco nos dice nada porque ella siempre fue independiente y
liberal.

    El consuelo y la satisfacción duraron todo el día. Después
de almorzar, gozando del desahogo y del placer de contárselo todo
a Margarita, la dama de la casa se bañó, se puso su vestido de
encajes, su collar de perlas, sus mejores joyas y sus zapatos de
tacón alto. Canturreando, cantando, bailando, a su manera, claro.

    Todo en orden, cuidadosamente arreglado. Doña
Margarita se sentó en su mecedora y se puso una manta sobre las
piernas. Meciéndose lenta y deliberadamente se entregó al
ensueño y al recuerdo, a acariciar su secreto. Así esperaría a
Margarita. Así se durmió.

    Margarita llegó poco después de las cuatro. Encontró a su
abuelita bien dormida. Le sorprendió verla tan elegantemente

ness on this special day. The previous night Mrs. Serrano didn't sleep very well. She spent the night tossing in bed struggling with an old problem she had had since she was young. In the early hours of the morning she resolved her problem. She made a decision. A decision she had been unable, or unwilling, to make before. Once she had made up her mind, she fell asleep like an angel. She woke up consoled, relieved, happy, She wanted to sing. She wanted to dance. Just like in her best days.

Doña Margarita had kept a secret in her most hidden intimacy since who knows when. Many times she tried to reveal it, but she couldn't or didn't want to. There were times when she came very close to telling her husband, whom she loved very much, but it didn't happen. Much later she was on the point of confiding in her son, and the same thing happened. The same thing with Margarita. It seemed that the secret was never going to come out. But the previous night, after a great deal of anguish, much tribulation, the old lady decided to reveal her secret to her granddaughter.

There is no way of knowing what the nature of that mysterious something she had guarded so jealously might have been. Perhaps it was a love affair before or after marriage. Maybe it was a bold adventure of one kind or another. Something sinful? Something foolish? In all likelihood, it wasn't an act of any kind but something totally innocent, an illusion, an ambition, a fervent desire for something forbidden. A silent love or hate. Who knows? The fact is, whatever it was, Doña Margarita never showed a feeling of guilt or sin. That doesn't tell us anything either because she always was independent and liberal.

The consolation and satisfaction lasted all day. After lunch, enjoying the relief and the pleasure of telling it all to Margarita, the lady of the house took a bath, put on her lace dress, her pearl necklace, her best jewels and her highheeled shoes. Humming, singing, dancing, in her own way, naturally.

Everything in order, carefully arranged. Doña Margarita sat in her rocker and placed a blanket over her legs. She rocked slowly and deliberately and surrendered to reverie and memory, and the caress of her secret. Thus she would wait for Margarita. Thus she fell asleep.

trajeada. Se sonrió y supuso que la viejita tenía alguna sorpresa para ella. No le sorprendió ver que la viejita tenía la cabeza tirada para atrás como si contemplara un cielo estrellado. La expresión de suma felicidad que tenía en la cara era para despreocuparla.

Margarita se puso a preparar la cena muy contenta, pensando en lo mucho que quería a su abuelita y en el pequeño misterio que le esperaba. Por fin todo estaba listo pero la abuela seguía dormida. Margarita hizo ruido con los trastos para que despertara sola. Nada.

Se acercó a ella y le puso la mano en el hombro. La abuelita se había muerto.

Doña Margarita se había ido, y se había llevado su secreto consigo. Nadie supo nunca que había tal secreto. Así deben ser los secretos. Dios, que todo lo sabe, supo darle a la dama de Serrano un secreto para que le endulzara la vida, un encanto para enriquecerle y animarle la existencia. Ella supo y pudo gozarlo siempre.

Todos deberían tener un tierno secreto y no revelarlo nunca. A nadie.

Margarita arrived shortly after four. She found her grandmother fast asleep. She was surprised to see her so elegantly
dressed. She smiled and supposed the old lady had some surprise
for her. It didn't surprise her to see that the old lady had her head
thrown back as if she were contemplating a starlit sky. The
expression of complete happiness on her face dispelled any con-
cern.

Margarita began to prepare supper happily, thinking of
how much she loved her grandmother and on the small mystery
that awaited her. Finally, everything was ready, but the old lady
was still sleeping. Margarita made noises with the dishes so that
she would wake up by herself. Nothing.

She went to her and put her hand on her shoulder. The
grandmother had died.

Doña Margarita had gone and had taken her secret with
her. No one ever knew there was a secret. That is the way secrets
should be. God, who knows it all, gave the lady of Serrano a secret
to sweeten her life, an enchantment to enrich and animate her
existence. She knew it and was able to enjoy it always.

Everyone should have a secret and never reveal it. To
anyone.

El amor de un indio

❄

An Indian Love Story

El amor de un indio

Esa mañana de mayo, en ese pueblo de San Blas, serpenteaba una procesión funeraria. Pasaba por el pueblo, fluía por el campo, y se dirigía al pino solitario en el lomo de la loma. El tambor daba el compás al canto fúnebre de los deudos de Manolito. Todos los indios, niño, varón y mujer, en comunidad total de hermandad, iban a enterrar a Juanola, la esposa de un hermano. A ambos lados de la litera iban indias con tinajas llenas de harina de maíz, granos de diferentes clases, frijoles y otros víveres para que Juanola tuviera que comer en su viaje al otro mundo.

Los oficiales del pueblo, formales y silenciosos señores, cargaban con la litera donde dormía Juanola sin sueños ni pesadillas. Juanola iba cubierta con una manta. Manolito se había opuesto vehementemente a que la envolvieran en la manta y la ataran como una momia, según la costumbre tradicional. Esto sorprendió a todo el mundo, pero nadie dijo nada. Tampoco preguntó nadie por qué el entierro iba a ser bajo el pino solitario y no en el cementerio. Manolito tenía derecho a sus caprichos.

Hubo danzas y cantos al pie del pino solitario en el lomo de la loma. Participaron todos, niño, varón y mujer. El pueblo de San Blas le dio su última despedida a una querida hermana.

Después se fueron todos y dejaron a Manolito solo con el cuerpo de su mujer al lado de la sepultura. Así había insistido él. Por el resto del día no se oyó, ni se vio nada en el lomo de la loma.

Cuando desaparecieron los últimos rayos del sol, cuando la noche tendió su manto sobre el mundo, se oyó en el pueblo el *tun tun* del tambor y el *Jea, jea* del canto. Era Manolito despidiéndose de su adorada Juanola en canto y danza a la luz de la luna.

El tambor y el canto duraron toda la noche con

An Indian Love Story

That morning of May, in that pueblo of San Blas, a funeral procession wound its way. It went through the pueblo, flowed through the fields, in the direction of the lonesome pine on the hump of the hill. The drum gave the beat to the mournful chant of Manolito's family and friends. All the Indians, men, women and children, in complete community of brotherhood, were going to bury Juanola, the wife of a brother. On both sides of the litter Indian women carried clay pots full of cornmeal, grains of different kinds, beans and other food stuffs so that Juanola would have something to eat on her way to the other world.

The officials of the pueblo, grave and silent men, carried the litter where Juanola slept without dreams or nightmares. Juanola was covered with a blanket. Manolito had objected violently to her being wrapped in the blanket and tied like a mummy as was customary. This surprised everybody, but nobody said anything. Nobody asked either why the burial was going to be under the lonesome pine and not in the cemetery. Manolito had a right to his whims.

There were dances and chants at the foot of the lonesome pine on the hump of the hill. Everyone took part, man, woman and child. San Blas Pueblo gave its last farewell to a beloved sister.

Then they all went away leaving Manolito alone with the body of his wife beside the grave. That's what he wanted. For the rest of the day nothing was heard or seen on the hump of the hill.

When the last rays of the sun disappeared, when the night draped the world with its mantle, the people in the pueblo heard the "boom boom" of the drum and "hay-yah, hay-yah" of the chant. It was Manolito bidding farewell to his beloved Juanola in song and dance by the light of the moon.

intersticios de silencio de vez en cuando. Cuando el cielo en el
oriente empezó a encenderse de luz y color, el canto cesó y el
tambor se calló.

La mañana siguiente apareció la sepultura cubierta
como es debido. Esto lo apercibieron los indios, que, sin
acercarse, estuvieron ojeando el lomo de la loma desde bien
temprano. Pero Manolito no aparecía. No estaba en su casa.
No estaba en el pueblo. No estaba en ninguna parte.

Manolito y Juanola habían nacido y crecido en San Blas.
Se quisieron desde niños, antes de saber nada de los caminos
del querer, antes de saber que se querían. Jugaban juntos,
Estudiaban juntos. Y cuando podían, trabajaban juntos. Antes
de que ellos lo supieran, ya el pueblo entero sabía que Manolito
y Juanola se casarían un día. Acaso los dioses deciden esas
cosas.

Juanola estaba, quién sabe por qué, fascinada por un
pino solitario que estaba en el lomo de una loma fuera del
pueblo. Cuando andaban juntos siempre terminaban al pie del
pino. De allí se divisaban los remotos y silenciosos horizontes
azules por un lado y los perfiles majestuosos de los Sangre de
Cristo por el otro lado. Siempre una invitación al ensueño y a
la fantasía. Cuando andaba sola, siempre iba a parar al pie de
su pino predilecto. Coleccionaba las piñas que caían del árbol y
de ellas construía preciosas arquitecturas que vendía a los
turistas.

Manolito era huérfano que vivía solo en una casita que
le habían dejado sus padres. Tenía una huerta donde cultivaba
maíz, chile, tomates, melones, calabazas, y una arboleda con
manzanos, duraznos, perales, y albaricoques y ciruelos. Con
los productos que vendía, con lo que conservaba y con cortos
empleos aquí y allí, vivía cómodamente.

Cuando llegó la hora, Manolito y Juanola se casaron. El
se casó con ella, y ella se casó con él. Se casaron de veras.
Para esos dos los lazos matrimoniales fueron más fuertes que lo
que habían sido las cuerdas umbilicales.

Siempre juntos. Trabajando en la huerta. Paseando por
el campo. En el columpio en el portal. En la cocina. Bajo el
pino solitario. Charlando. Riendo. Cantando. Los dioses

The drum and the chanting went on all night, with breaks of silence now and then. When the sky began to light up with light and color in the east, the singing stopped, the drum became silent.

The following morning the grave was covered as it is supposed to be. The Indians, who had been watching the hump of the hill since quite early noticed this. But Manolito didn't show up. He wasn't at home. He wasn't in the pueblo. He wasn't anywhere.

Manolito and Juanola were born and raised in San Blas. They loved each other as children, before knowing anything about the ways of love, before knowing that they did. They played together. They studied together. And when they could, they worked together. Before they knew it, the people of the pueblo knew that they would marry one day. Maybe the gods decide those things.

Juanola was fascinated by a solitary pine that grew on the hump of a hill outside the pueblo; nobody knew why. When they were together, they would always end up under the tree. From there they could see the distant and silent blue horizon on one side and the majestic profiles of the Sangre de Cristo on the other. A constant invitation to illusion and fantasy. When she was alone, she would always go to her favorite tree. She gathered the pine cones that fell from the tree and built delightful structures with them that she sold to tourists.

Manolito was an orphan who lived alone in a little house his parents had left him. It had a garden where he raised corn, chile, tomatoes, melons, pumpkins, and an orchard with all kinds of fruit trees. With the produce he sold, what he put away, and odd jobs here and there, he lived very comfortably.

When the time came, Manolito and Juanola married. He married her, and she married him. They married for keeps. For those two the bonds of matrimony were stronger than the umbilical cords had once been.

Always together. Working in the garden. Walking through the fields. In the swing in the porch. In the kitchen. Under the lonesome pine. Chatting. Laughing. Singing. The Indian gods, or the Christian God, were satisfied and happy.

indígenas, o el Dios cristiano, satisfechos y contentos.

Así pasaron cinco años repletos de felicidad. La huerta seguía dando sus frutos. La dispensa llena. La casa lucía el esmero y el amor de sus dueños. Ellos, los ojos y las ilusiones puestos y fijos uno en el otro, vivían el sueño feliz de su vida.

Intervino el destino. Juanola se enfermó. Manolito en estado de pánico. Médicos. Hospitales. Medicinas. Nada. Nadie supo qué le pasaba. No le dolía nada. No sufría. Pero sus fuerzas se le iban. Cada día más sufrida.

Cuando Juanola supo que se iba a morir le exigió dos promesas a su esposo. El se las otorgó sin parpadear. No creo que ni el uno ni el otro sabía lo que estaba haciendo. Primero, que la enterrara bajo el pino solitario en el lomo de la loma.Y otra, que no sé que sería.

Juanola se murió en los brazos de su amante. Se murió con una sonrisa en los labios y un rubor en las mejillas. Muerta parecía viva. Manolito le alisaba su cabellera negra. Le acariciaba las mejillas con las yemas de sus dedos con infinita ternura. A su rededor los fuertes lazos matrimoniales, las nuevas cuerdas umbilicales, todos rotos. Por dentro el corazón deshecho. Los ojos ahogados en llanto. Ella había sido su vida desde que aprendió a vivir. Y ahora, ella, su vida, era ida.

Manolito no apareció por mucho tiempo. No se estaba en su casa. No se estaba en ninguna parte. Por fin, alguien dijo haberlo visto desde lejos. Luego otro. Después, muchos. Siempre desde lejos. No permitía que nadie se le acercara. Huía de todos. Era como un fantasma huraño y huidizo que vivía fuera, y al margen de la comunidad.

Todos dijeron que tenía el cabello blanco, blanco como la nieve. Blanco y largo. Después alguien dijo, otros lo comprobaron más tarde, que Manolito no hablaba, que había perdido la voz. Se le veía trabajando en la huerta. En las noches de luna llena se le veía, o se sabía que estaba, al pie del pino solitario en el lomo de la loma.

Tenía una mirada distraída y rara. Acaso estaba medio loco. Cuando se vio obligado a venir al pueblo a vender sus productos se comunicaba por señas o por escrito en un

Five years went by like this, overflowing with happiness. The garden continued to produce. The pantry was full. The house showed the effort and love of its owners. Their eyes and illusions placed and fixed on each other, they lived the happy dream of their life.

Fate intervened. Juanola fell ill. Manolito in a state of panic. Doctors. Hospitals. Medicines. Nothing. Nobody knew what was wrong with her. She had no pain. She didn't suffer. But her strength was dwindling. Every day she was weaker.

When Juanola knew that she was dying, she exacted two promises from her husband. He granted them without hesitation. I don't think either of them knew what they were doing. First, that he bury her under the lonesome pine on the hump of the hill. I don't know what the other one was.

Juanola died in the arms of her lover. She died with a smile on her lips and a blush on her cheeks. Dead, she looked alive. Manolito stroked her long black hair. He caressed her cheeks with his finger tips with infinite tenderness. The powerful bonds of matrimony, the new umbilical cords, lay shredded around him. Inside, his heart shattered. His eyes drowned in tears. She had been his life since he learned to live. And now, she, his life, was gone.

Manolito didn't show up for a long time. He didn't stay at home. He didn't stay anywhere. Finally, someone said he had seen him from a distance. Then, another. Afterwards, many. Always from afar. He didn't allow anyone to come close. He was like a shy, fleeting phantom who lived outside, on the margin of the community.

They all said he had white hair, white as snow. White and long. Later someone said, others agreed that Manolito didn't talk, that he had lost his voice. He was seen working in his garden. On nights of a full moon he was seen, or it was known that he was at the foot of the lonesome pine on the hump of the hill.

His eyes were strange and distracted. Maybe he was halfway crazy. When he had to come into the pueblo to sell his produce, he communicated with signs or in writing in a notebook he carried. Thus he chose to live, or be, or exist, and the

cuaderno que llevaba. Así quiso vivir, o estar o ser, y la gente del pueblo supo acomodarlo. Al fin y al cabo, cada quien tiene derecho a sus caprichos e idiosincracias.

Todo esto ocurrió hace mucho tiempo. Manolito murió hace mucho, y está sepultado bajo el pino en la loma al lado de su adorada Juanola. También murieron todos los que presenciaron o conocieron estos hechos. Por eso me atrevo a contar esta historia, ahora que no lastima a nadie. No quiero divulgar cómo supe yo lo de las dos promesas, ya que se hicieron en la intimidad de la soledad de los dos amantes.

El misterio que persiste, misterio que ni yo, el sábelotodo, puedo penetrar, es ¿qué pasó esa noche del mes de mayo bajo el pino solitario en el lomo de la loma? ¿Fue que cumplir las dos promesas fue tan horripilante que la mente y el cuerpo de Manolito se escandalizaron y reventaron? ¿0 fue que Manolito se murió por dentro al enterrar a su novia? Nadie supo explicarlo entonces. Yo no puedo explicarlo ahora.

Todo el pueblo escucha las noches de plenilunio. En esas noches el viento canta una canción de amor sobre las tumbas de Manolito y Juanola.

people of the pueblo went along. When all is said and done, everyone has a right to his whims and idiosyncrasies.

All of this took place a long time ago. Manolito died long ago and is buried under the pine tree on the hill alongside his adored Juanola. All those who saw, or knew these events are also dead. That is why I dare tell this story, now when it doesn't hurt anyone. I do not want to tell how it is I knew about the two promises, since they were made in the intimacy of the privacy of the two lovers.

The mystery that remains, a mystery that not even I, the know-it-all, can penetrate, is what happened that night in the month of May under the lonesome pine on the hump of the hill? Was it that keeping both promises was so horrifying that the mind and body of Manolito were shocked and snapped? Or was it that Manlito died inside as he buried his bride. No one could explain it then. I cannot explain it now.

All of the people of the pueblo listen on moonlit nights. On those nights the wind sings a love song over the graves of Manolito and Juanola.

La copa de oro

The Cup of Gold

La copa de oro

Feliciano Maestas era un pobre carpintero que apenas
ganaba lo bastante para mantenerse vivo. Procuraba ahorrar
algunos centavos con la ilusión de mejorar sus circunstancias
pero siempre venia una u otra emergencia y se quedaba tan
pelado como antes. A pesar de todo esto, Feliciano era feliz.
Ponía sus cinco sentidos en la creación y producción de muebles
finos.

Por muchos años Feliciano le tenía una devoción muy
especial a la Virgen del Carmen. Al atardecer, al terminarse
sus labores, se iba a la iglesia todos los días a ponerse de
rodillas ante la imagen de la Virgen en una de las naves semi-
oscuras de la iglesia. No iba a lloriquear ni a quejarse. No iba
a recitar el rosario de sus penas y desgracias. Iba a darle las
gracias a la Virgen por todas las bendiciones que recibía: su
buena salud, su grato trabajo, sus muchas amistades, el pan de
cada día. Le pedía a la Virgen que socorriera a algún enfermo,
a un desgraciado. Le contaba los buenos hechos de buenas
personas que merecían su atención. Rogaba por todos los
pobres. La Virgen debía estar muy complacida y contenta con
su sujeto.

Tocó que había un niño de siete años que también era
devoto de la misma Virgen. Flaco, harapiento, descalzo y
triste. Tocó también, que a pesar de la evidente penuria de su
vida, el niño tampoco era llorón y quejumbroso. El niño también iba a agradecerle a la Virgen todo lo que ella hacía por él.
Hay que suponer que la Virgen debió estar muy satisfecha con
su devoto infantil. De vez en vez se veía a los dos, el mayor y el
menor, de rodillas ante la imagen de la Virgen haciendo sus
oraciones en silencio.

Un día al salir de la iglesia los dos, Feliciano le habló al
niño.

-¿Cómo te llamas, niño?

The Cup of Gold

Feliciano Maestas was a poor carpenter who barely earned enough to keep himself alive. He would try to save a few dollars with the hope of improving his circumstances, but an emergency of one sort or another would come up and he'd be as broke as before. In spite of all this, Feliciano was a happy man. He put everything he had in to the creation and production of fine furniture.

For many years Feliciano had a very special devotion to the Virgen del Carmen. At the end of the day, his labors done, he went to the church to kneel before the image of the Virgen in one of shadowy naves of the church. He didn't go to whimper or complain. He didn't go to recite the rosary of his sorrows. He went to thank the Virgen for all the blessings he received: his good health, his pleasant work, his many friends, his daily bread. He would ask the Virgen to look after some sick or unfortunate person. He told her about the good works of people who deserved her attention. The Virgen must have been very pleased and happy with her servant.

It so happened that there was a seven year old boy who was a devotee of the same Virgen. Skinny, ragged, barefoot, and sad. It happened also that in spite of the evident shortcomings of his life, the boy was not a cry-baby or a complainer either. The boy went to give thanks for all the Virgen did for him. One can suppose that the Virgen must have been very satisfied with her young devotee. From time to time the two of them, the old one and the young one could be seen at the feet of the image of the Virgen saying their prayers in silence.

One day when the two of them left the church, Feliciano spoke to the boy.

"What is your name boy?"

"Antonio Flores, sir."

"Where do you live?"

-Antonio Flores, señor.

-¿Dónde vives?

-Donde me coge la noche, señor, en un portal, en una caballeriza, en una casa abandonada.

-¿Y tus padres?

-No tengo padres ni parientes.

El buen humor, la cortesía y el respeto del chico afectaron a Feliciano profundamente. Se llenó de compasión. Acabó por llevarse al niño a su casa. Allí el niño le ayudaba con sus quehaceres así como otro niño le ayudaba a su padre carpintero hacia mucho tiempo en un lugar lejano. Por las tardes iban los dos a hacer sus devociones. En una de estas ocasiones, estando los dos de rodillas ante la estatua de la Virgen, se desprendió una hoja de papel de la corona de la Virgen. El papel bajó flotando y vino a parar delante de Feliciano. El lo recogió. ¡Era un derrotero de un tesoro escondido!

Yo no digo que esto fuera milagro, una recompensa de la Virgen para su devoto predilecto. Por cierto algún bandido había escondido el mapa en la corona de la Virgen por considerarlo seguro allí. Por las peripecias de la vida no pudo volver a recogerlo. Aquella tarde, seguramente, una ráfaga de viento soltó el papel y lo puso en manos de Feliciano. Creo que él sí lo consideró milagro.

El carpintero y el chico fueron pronto al sitio indicado y cavaron largo. Encontraron una caja de metal bajo candado. La llevaron al taller y la abrieron. Dentro había una fortuna en monedas de oro y piedras preciosas.

Ahora con dinero Feliciano hizo construir un gran taller de carpintería, contrató ayudantes, y pronto armó un gran negocio. Antonio, ahora con ropa nueva, asistía al colegio. Cuando su negocio se estableció y prosperó, Feliciano se puso a pensar en un regalo apropiado para su benefactora, la Virgen del Carmen. Se le ocurrió que una réplica de la copa de que bebió Jesucristo en la Ultima Cena sería el regalo indicado. Anduvo haciendo investigaciones, y cuando estuvo seguro, hizo dibujos de la sagrada copa. Luego hizo fundir una copa de oro puro incrustada con las piedras preciosas más finas de su

"Where the night catches me, sir, in a porch, a barn, or and abandoned house."

"And your parents?"

"I don't have any parents or relatives."

The good humor, the courtesy and respect of the young boy affected Feliciano deeply. He was full of compassion. He ended up taking the boy home with him. There the boy helped him in his work, somewhat like another boy helped his carpenter father a long time ago in a far off place. In the evening they both went to say their prayers together.

On one of these occasions, as both of them knelt at the foot of the statue of the Virgen, a piece of paper fell out of the Virgen's crown. The paper floated down and came to rest in front of Feliciano. He picked it up. It was a map for a hidden treasure!

I am not saying that this was a miracle—the Virgen's reward to her favorite subject. Certainly some bandit had hidden the map in the Virgen's crown because he considered it safe there. Because of the vagaries of life he had been unable to retrieve it. That evening, surely a breath of air loosened it and placed it in Feliciano's hands. I think he considered it a miracle.

The carpenter and the boy hurried to the marked place and dug for some time. They found a metal box with a padlock. They took it to the shop and opened it. Inside there was a fortune in gold coins and precious stones.

Now, with money, Feliciano built a magnificent carpenter shop, hired helpers, and soon had a prosperous business. Antonio, now with new clothes, went to school.

When his business was established and prosperous, Feliciano began to think about an appropriate gift for the Virgen. It occurred to him that a replica of the cup Jesus used at the Last Supper would be the right gift. He investigated, and when he was sure, he made sketches of the sacred cup. Then he had a cup made of pure gold, inlaid with the finest precious stones of his collection. He placed the cup at the feet of the Virgen del Carmen.

Everyone went to see the cup. A more beautiful and

colección. Puso la copa a los pies de la Virgen del Carmen.

Todo el mundo pasaba a ver la copa. Nunca se había visto una copa más bella y más rica. La Virgen debió sentirse complacida y contenta con la copa de su hijo, y con la devoción de su devoto.

Una mañana la copa había desaparecido. Un ladrón se la había llevado. Las pesquisas de la policía no llegaron a ninguna parte. Tocó que doña Matilde Maldonado, viuda rica del pueblo, paseándose por una tienda de antigüedades en la ciudad cercana dió con la copa de oro. La compró y se la llevó a casa.

Por casualidad doña Matilde era devota de la Virgen del Carmen también. Tenía en su casa una estatua de la Virgen y le tenía su propio altar. Allí rezaba ella todas las noches. En ese altar puso la copa de oro.

Vino Feliciano un día a la casa de doña Matilde a petición de ella. Quería discutir con él unos muebles que deseaba que él le hiciera.

¡Imagínense el placer y sorpresa de Feliciano al encontrar su querida copa perdida! Le contó a doña Matilde la historia de la copa—sin mencionar el tesoro escondido, claro. Doña Matilde, que era buena y religiosa mujer, ofreció devolver la copa a su sitio natural en la iglesia.

El asunto de la copa, las discusiones sobre los muebles, sirvieron para establecer relaciones amistosas. A poco tiempo se veía a Feliciano, doña Matilde y Antonio asistir a misa juntos los domingos. Se les veía paseando juntos por las tardes de vez en cuando. Un buen día se casaron.

Doña Matilde, sola, solitaria y triste ahora se encontraba rodeada de una familia cariñosa, alegre y bondadosa. Feliciano, solo, solitario y triste, se encontraba ahora amo y dueño de un hogar y un negocio en todo sentido gratos y placenteros. Antonio, niño abandonado y sin destino, ahora tenía padres, una casa fina y estudiaba para algo mejor. Casi podría decirse que los tres constituían una especie de sagrada familia.

Todo esto ocurrió através de la Virgen del Carmen y del amor que los tres tenían por ella. Cada uno recibió bendiciones

richer cup had never been seen before. The Virgen must have
felt pleased and happy with her son's cup, and with the devotion of her devotee.

One morning the cup disappeared. A thief had taken it.
The search by the police went nowhere. It so happened that
Doña Matilde Maldonado, a wealthy widow of the village,
browsing through an antique shop in a nearby city, found the
gold cup. She bought it and took it home.

Strangely, Doña Matilde was a devotee of the Virgen del
Carmen too. She had a statue of the Virgen and had an altar
for her. She prayed there every night. She placed the gold cup
on that altar.

One day Feliciano came to Doña Matilde's house at her
request. She wanted to discuss some pieces of furniture she
wanted him to make.

Imagine Feliciano's pleasure and surprise on seeing his
beloved lost cup. He told Doña Matilde the story of the cup—
without mentioning the hidden treasure, naturally. Doña
Matilde, who was a good and religious woman, offered to return
the cup to its natural place in the church.

The matter of the cup, the discussions about the furniture, served to establish friendly relations. Shortly after,
Feliciano, Doña Matilde, and Antonio could be seen attending
mass together on Sundays. From time to time they could be
seen out for a walk. Then one day they got married.

Doña Matilde, alone, lonely and sad, now found herself
with an affectionate, cheerful and generous family. Feliciano,
alone, lonely and sad, now found himself the head of a family
and a business in every way agreeable and pleasant. Antonio,
an abandoned child without any hope, now had parents, a fine
house and was studying for something better. One could
almost say that the three of them represented some sort of holy
family.

All of this came about through the Virgen del Carmen
and the love the three had for her. Each one received very
special blessings. Was all of this a miracle? Or was it a series
of coincidences, accidents, normal and realistic in every way? I
don't know. But I imagine that Feliciano, Doña Matilde, and

muy especiales. Fue todo esto milagro? O fue una serie de coincidencias, accidentes, en todo sentido normales y realistas. Yo no sé. Pero me figuro que Feliciano, doña Matilde y Antonio estaban convencidos que todo lo que les ocurrió fue por acción directa y gracia de la Virgen del Carmen.

¡Es decir, todo fue un tremendo milagro!

Antonio were convinced that everything that happened to them was through the direct action and grace of the Virgen del Carmen.

That is, a fabulous miracle!

Un sueño ambulante

A Walking Dream

Un sueño ambulante

Ya eran tres meses que Ignacio Almirante estaba en el hospital. Estaba en una coma mortífera. Tenía cara de piedra, cara de cadáver. Los médicos y la familia ya lo habían dado por perdido. No había respondido a los tratamientos. No mejoraba de un día a otro. No empeoraba tampoco. Se suponía que cualquier día moriría.

No había manera de explicar su condición. No tenía huesos rotos. No tenía heridas ni lesiones. Sus señas vitales funcionaban normalmente. Mas el sello de la muerte sobre su cara y cuerpo era patente. No se veía en el un aliento, un afán de vivir, una voluntad de salir del atolladero en que se encontraba. Permanecía en la cama tieso, inerte, con un pie en este mundo y el otro en el venidero.

De pronto, imperceptible al principio, el color empezó a entrarle en las mejillas y en los labios. Una luz de inteligencia empezó a iluminarle la cara. El cuerpo se deshelo. Cuando se percataron de ello, los parientes, los médicos y enfermeras, se llenaron de ilusión. Sólo los que han vigilado el asedio de la muerte, implacable y feroz, pueden conocer el martirio primero, y después la jubilación del triunfo de la vida.

Ignacio había sido víctima de un accidente automovilístico. El autor del accidente era Rodolfo Sargento, un político de renombre. Según el informe de los policías que habían investigado el percance, Rodolfo había tenido la culpa y había pendiente un juicio criminal contra él.

Ya hacía tres días que todo el personal del hospital y todo el conjunto familiar andaban pisando plumas y espumas. La alegría había colonizado la habitación del enfermo. Es que Ignacio tenía una sonrisa celestial en la cara. Era como si estuviera soñando sueños en todo sentido placenteros. Cuando las enfermeras le tomaban la mano para tomarle el pulso, el apretaba ligeramente. Esto las volvía locas. No se sabe si por

A Walking Dream

Ignacio Almirante had been in the hospital for three months. He was in a death-like coma. He had a face of stone, a face of death. The doctors and the family had given up on him. He had not responded to treatment. He did not improve from one day to the next. He didn't get worse either. He was expected to die any day.

His condition defied explanation. He had no broken bones. He had no wounds or abrasions. His vital signs functioned normally. But the seal of death was clearly on his face and body. There was no sign of a breath, a desire to live, a will to pull out of the mire in which he found himself. He remained in bed stiff, inert, one foot in this world, the other in the next.

Suddenly, imperceptible at first, color began to appear on his cheeks and on his lips. A ray of intelligence began to light up his face. His body relaxed. When they became aware of it, the family, the doctors and the nurses were filled with illusion. Only those who have stood watch over the attack of death, implacable and fierce, can know the torture first, and later the jubilation of the victory of life.

Ignacio had been the victim of an automobile accident. The author of the accident was Rodolfo Sargento, a distinguished politician. According to the report of policemen who had investigated the misfortune, Rodolfo was to blame, and there was a criminal case pending against him.

For three days now the entire hospital personnel and the entire family were walking on air. Happiness had moved into the patient's room. Ignacio had a celestial smile on his face. It was as if he were dreaming the most pleasant dreams. When the nurses took his hand to take his pulse, he would squeeze back, ever so lightly. This would drive them crazy. There was no way of knowing if this was for maternal reasons

instintos maternales o por motivos eróticos. Hay que decir que
Ignacio era guapo y era todo un hombre. Acaso sería porque
eran ángeles de la vida celebrando su victoria sobre la muerte.
    Un día, sin previo anuncio, Ignacio abrió los ojos. Se
quedó largo rato confuso, tratando de enfocar, de orientarse.
Todo era nuevo, todo era ajeno para él. Se puso serio. Pero
pronto volvió la sonrisa angelical. No dijo palabra. Le hacían
preguntas. El no contestaba. Se quedaba silencioso, queriendo
a todo con los ojos.
    La vida de Ignacio Almirante habia sido triste y pesada.
Desde pequeñito surgió un conflicto entre él y su padre. Su
padre había querido que fuera muy macho. Su ilusión era que
el niño fuera un héroe, un atleta, un cowboy, tipo John Wayne.
En cambio el niño era tierno, delicado. Desde niño manifestó
una afición a los libros y al arte. Aguantó el entrenamiento
varonil de su padre a las fuerzas, de mala gana. Hasta llegó a
ser adepto a las faenas que su padre le imponía sólo para
complacerle pero sin ninguna satisfacción. Entretanto el
abismo entre los dos iba creciendo. El chico creció receloso y
resentido.
    La antipatía que el niño sentía para el padre se extendió
a la madre con el tiempo por amable y cariñosa que fuera.
Ignacio llegó a culparla por no defenderlo de los asaltos injus-
tos, por permitar los muchos azotes y el desprecio perpetuo de
su padre.
    Así es que Ignacio se fue recluyenclo dentro de sí mismo,
separándose más y mas de los demás. Pasó por la adolescencia
ensimismado, solitario y taciturno. Su único refugio eran los
libros y los museos. Allí encontraba el calor sentimental que le
hacía falta. Allí hacía su vida de fantasía.
    Había una excepción a su aislamento. Su hermana
gemela, Micaela. Ella era la única que lo comprendía, la única
que conocía su profundo sufrimiento. Los dos hermanos
pasaban preciosos ratos llendo al cine, de paseo por la calle y
por el campo, o discutiendo un drama, una novela o un poema.
Pero estos eran momentos raros en el reloj del tiempo.
    Por sus dotes intelectuales y sensibles, y por su larga
amistad con los libros, la trayectoria de Ignacio por la

or for erotic reasons. It should be mentioned that Ignacio was
handsome and was every inch a man. Maybe it was because
they were angels of life, celebrating a victory over death.

   One day, without warning, Ignacio opened his eyes. For
a long time he was confused, trying to focus, to orient himself.
Everything was new, everything was alien to him. He became
serious. But soon the angelical smile returned. He didn't say a
word. They asked him questions. He didn't answer. He
remained silent, loving everything with his eyes.

   The life of Ignacio Almirante had been sad and difficult.
From the very beginning a conflict arose between him and his
father. His father had wanted him to be very macho. His
illusion was that the child be a hero, an athlete, a cowboy, John
Wayne style. But the boy was gentle, delicate. Since childhood
he showed an affinity for books and art. He put up with his
father's masculine training against his will. He even became
quite adept at the tasks his father imposed on him, only to
please him but with no satisfaction for himself. In the mean-
time the abyss between the two continued to grow. The boy
grew up distrustful and resentful. The aversion that the boy
felt for his father in time extended to the mother, as sweet and
affectionate as she was. Ignacio came to blame her for not
defending him from the unfair assaults, for allowing the many
blows and perpetual scorn of his father.

   Thus it happened that Ignacio shut himself up inside,
breaking away from others more and more. He went through
adolescence lonely, solitary, and taciturn. His only refuge were
books and museums. There he found the sentimental warmth
that he needed. There he lived his life of make-believe.
Women and affairs, many. A woman and love, never.

   There was one exception to his isolation. His twin
sister, Micaela. She was the only one who knew the depth of
his suffering. The two spent delightful times going to the
movies, on walks in the streets or in the country, or discussing
a play, a novel or a poem. But these were rare moments in the
clock of time.

   Because of his intellectual gifts, his sensibility and his
long friendship with books, Ignacio's trip through the

universidad y la escuela de derecho fue como una nave en
órbita, toda velocidad, luz y éxito. Al terminar la carrera
Ignacio era ya todo un cínico, frío y remoto. Sus vínculos con la
familia estaban todos rotos, excepto por Micaela. Ellos dos
seguían siendo como los dos ojos de la misma cara. Se querían
de veras y se abrazaban como las dos mitades de la misma
naranja.

Ignacio se convirtió en el abogado más solicitado en toda
la zona. Sabía embaucar, embelesar a sus clientes, a los
jurados, al público y hasta al juez mismo. Podía manipular los
pensamientos y las ideas de los demás. Dependiendo en el
caso, sabía jugar con los prejuicios religiosos, raciales y sociales
de sus oyentes para convencerlos de que el blanco es negro y el
gato es conejo. Hacía reír, o hacía llorar. Se valía de sus
conocimientos lingüísticos, literarios y científicos para tejer un
tapiz, o pintar un cuadro, luminoso y convincente de la realidad
que él quería presentar. Citaba a los genios y sabios de todos
los tiempos. Recitaba los versos más puros y limpios. Sus
trajes de última y más cara moda, sus gemelos de oro, sus
zapatos resplandecientes, su voz sonora y musical, su persona
aristocrática, su genio artístico, su talento oratório
completaban la imagen heroica y conquistadora del vencedor.

Así se hizo famoso. Así se hizo rico. Lo que nadie sabía,
excepto Micaela, era que todo esto era un disfraz. Ante el
tribunal hacía un papel, fingiendo todo, aprovechándose de
todo, tergiversando todo a su manera. Después se reía, se
burlaba, de los idiotas, los estúpidos, que lo habían creído. Por
fuera todo lustre, todo elegancia, todo triunfo. Por dentro todo
negro, todo hielo, todo desencanto. Sólo Micaela le llenaba el
vacío que llevaba dentro. Mujeres, muchas. Mujer, nunca.

Así andaban las cosas cuando el accidente. Tres meses
de hospital. Una larga y desesperante coma. Después una
sonrisa. Luego, habló. Le habló a Micaela que no había
abandonado su lado por la larga y tenebrosa temporada.

—¿Qué estoy haciendo aquí?
—Tuviste un accidente, querido.
—¿Como estoy?
—Estás bien. Has recuperado por completo.

university and law school was like the flight of a space ship in
orbit, all speed, light, and success. At the end of his career
Ignacio was now a complete cynic, cold and remote. His bonds
with the family were all broken, except for Micaela. The two of
them continued being like the two eyes on the same face. They
loved each other truly and embraced like the two halves of the
same orange.

Ignacio became the most sought-after lawyer in the
region. He could charm and fascinate his clients, juries, the
audience, and even the judge. He could manipulate the
thoughts and ideas of others. Depending on the situation, he
could play with the religious, racial and social prejudices of his
listeners to convince them that white is black and that the cat
is a rabbit. He could make you laugh, or he could make you
cry. He took advantage of his linguistic, literary, or scientific
knowledge to weave a luminous and convincing tapestry or
paint a picture of the reality he wished to portray. He quoted
the sages and geniuses of all times. He recited the purest and
most pristine verses. His suits were of the latest and most
expensive style, his gold cuff links, his stylish shoes, his
sonorous and musical voice, his aristocratic bearing, his
oratorical talent completed the heroic and conquering image of
the winner.

In this manner he became famous. In this way he
became rich. What no one knew, except Micaela, was that all
of this was a sham. In the courtroom he played a role,
pretending everything, taking advantage of everything,
twisting everything his way. Later he laughed, mocked the
idiots, the dolts who had believed him. Outside he was all
shine, all elegance, all triumph. Inside he was all black, all ice,
all disenchantment. Only Micaela filled the vacuum he carried
within him.

Matters stood here when the accident occurred. Three
months in the hospital. A long and frightening coma. Then a
smile. Shortly after he spoke. He spoke to Micaela who hadn't
left his side throughout the long and fearful wait.

"What am I doing here?"

"You had an accident, dear."

—¿Quién eres tú?

—Soy tu hermana gemela, Micaela. ¿No me conoces? Tu me decías Mica.

—¿Quién soy yo?

—Ignacio Almirante. Yo te llamo Nacho.

Esta conversación siguió por este camino un rato hasta que el médico intervino para que el paciente descansara. Por esto y lo que vino después pronto se supo que Ignacio sufría de una amnesia total. Había perdido la memoria. No tenía un solo recuerdo de su vida anterior. Cuando su padre y madre vinieron a verle, más otros familiares, Ignacio los recibió con cariño, pero no reconoció a nadie. Sólo a Micaela se atenía. Le extendía la mano que ella apretaba con amor, y él sentía un tremendo consuelo. Todos trataban de atisarle la memoria recordándole incidentes, acontecimientos, lugares, personas. Nada. El telón había caído en el escenario de su pasado. Función terminada.

Aunque la familia lamentara la pérdida de su memoria, celebraba el cambio en el aspecto y personalidad de Ignacio. No era el mismo. Era otro. La displicencia y el cinismo habían desaparecido de su cara. La dureza y frialdad habían desaparecido de su voz. La antipatía que antes le rodeaba ahora era simpatía. El cambio, para los que lo conocían, era inexplicable.

Nosotros, desde lejos, podemos fácilmente analizar lo que pasó. La amnesia fue una bendición para Ignacio. Le quitó de encima la odiosa carga de recuerdos y sentimientos negativos que le habían envenenado la vida. Al olvidar los resentimientos, agravios y rabias que antes lo atormentaban, surgió el nuevo Ignacio lleno de cariño y risa.

Micaela llevó a Ignacio a su apartamiento, creyendo que el coche, ya compuesto, o las cosas familiares le sacudirían la memoria. Leyó cartas, contempló fotos, escuchó discos. Nada. Ignacio viajaba ligero. Sin equipaje. Esto no parecía molestarle en lo mínimo. Al contrario, daba la impresion de total y vital felicidad.

Se le antojó que quería conocer a Rodolfo Sargento. Fue a buscarlo a su oficina. Rodolfo se puso muy nervioso. No

"How am I?"

"You're fine. You have recuperated completely."

"Who are you?"

"I am your twin sister, Micaela. You call me Mica."

"Who am I?"

"Ignacio Almirante. I call you Nacho."

This conversation went on this way for a while when the doctor intervened so that the patient could rest. Through this and what followed it was soon discovered that Ignacio was suffering from total amnesia. He had lost his memory completely. He didn't have a single recollection of his former life. When his parents and other relatives came to see him, Ignacio received them affectionately but didn't recognize any of them. He leaned only on Micaela. He held her hand which she squeezed tenderly, and he felt a great consolation. Everyone tried to stir his memory, reminding him of incidents, events, places, people. Nothing. The curtain had come down on the stage of his past. The show was over.

Even though the relatives lamented the loss of his memory, they celebrated the change in the appearance and personality of Ignacio. He wasn't the same one. He was another. The disagreeableness and cynicism had disappeared from his face. The harshness and coldness had disappeared from his voice. The antipathy that had surrounded him before had become sympathy. The change, for those who knew him, was incredible.

From a distance, we can easily analyze what happened. Amnesia was a blessing for Ignacio. It took off his back the hateful load of negative memories and feelings that had poisoned his life. When he forgot the resentments, affronts and rages that tormented him before, the new Ignacio came forth, full of affection and laughter.

Micaela took Ignacio to his apartment hoping that the car, already repaired, or the familiar things would stir his memory. He read letters, looked at pictures, listened to music. Nothing. Ignacio traveled light. Without luggage. This did not seem to bother him in the least. On the contrary, he gave the impression of being totally and vitally happy.

sabía que esperar. No podía creerlo cuando Ignacio le extiende la mano con expresión y palabras cariñosas, en todo sentido.

—Rodolfo, he venido a ofrecerte mi amistad.

—Yo también quise ir al hospital a verte, pero tuve miedo ofenderte.

—No hay por qué. Ya ves que no me pasó nada.

—Me han dicho que has perdido la memoria.

—Eso es verdad, pero no parece hacerme falta.

Los dos hicieron buenas migas de inmediato. Hablaron largo y grato. De allí en adelante se visitaban con frecuencia. Cuando vino el pleito contra Rodolfo, Ignacio testificó que el accidente habia sido inevitable y que Rodolfo no tenía la culpa.

Fue a Rodolfo a quien se le ocurrió que Ignacio entrara en la política. Conocía la fama que tenía como abogado y como orador. A Micaela le gustó la idea también.

—Ignacio, tenemos que elegir un senador a Wáshington en las próximas, elecciones. Tu ganarías.

—¿Como? ¿Qué sé yo de política?

—Con ese don de gentes que tienes. Con esas dotes oratóricas que dispones. Y con el apoyo mío.

Después de mucho protestar por fin se rindió a las razones de Rodolfo y Micaela. Los tres se lanzaron a la campaña. Pronto se hizo patente que el calor humano de Ignacio, su buena fe y su evidente simpatía le abrían todas las puertas. Su ingenio y talento como orador se ganaba a todos sus públicos. Le sorprendió a Ignacio el gusto y satisfacción que sacaba de sus contactos con otros. A nosotros también nos sorprende ver al que antes le rehuía a la interacción con los demás ahora la busca.

Ganó las elecciones como lo había pronosticado Rodolfo. En Wáshington pronto se abrió camino. Su vibrante personalidad, su elocuencia y su hábil manipulación de cosas y personas llegó a la atención de los jefes del partido y del presidente.

Fue invitado a la Casa Blanca a comer. Fue una grata sorpresa descubrir que él era el único invitado. El presidente quería conocerlo y ver si lo que le habían contado era verdad.

Como resultado de esa conversación Ignacio se convirtió

It occurred to him that he wanted to meet Rodolfo Sargento. He went to see him at his office. Rodolfo became very nervous. He didn't know what to expect. He couldn't believe it when Ignacio stretched out his hand with truly friendly words and expression.

"Rodolfo, I've come to offer you my friendship."

"I wanted to visit you at the hospital too, but I was afraid to offend you."

"There's no reason why. As you can see, nothing happened to me."

"They told me you lost your memory."

"That is true, but I don't seem to need it."

The two of them hit it off immediately. They talked long and pleasantly. From then on they visited each other frequently. When Rodolfo's case came up in court, Ignacio testified that the accident was unavoidable and that Rodolfo was not to blame.

It was Rodolfo's idea that Ignacio go into politics. He was aware of his fame as a lawyer and as a public speaker. Micaela was for it too.

"Ignacio we have to elect a senator to Washington in the next election. You would win."

"How? What do I know about politics?"

"With that native charm you have. With the gift you have with words. And with my help."

After a great deal of protesting, he finally gave in to the arguments of Rodolfo and Micaela. The three of them launched the campaign. It soon became evident that Ignacio's human warmth, his good faith and obvious good will opened every door for him.

His wit and talent as a public speaker won over all his audiences. Ignacio was amazed at the joy and satisfaction he received from his contacts with others. We are also surprised to see the one who once fled from interaction with others now seeking it.

He won the election as Rodolfo had foretold. In Washington he soon made his way. His vibrant personality, his eloquence and his skillful manipulation of things and

en el portavoz del presidente, en algo así como embajador plenipotenciario del jefe de estado. Iba en misiones delicadas a todas partes del mundo, especialmente a la América Latina. Tuvo éxitos diplomáticos increíbles para el presidente y para el país. El proceso terminó con su nombramiento como Secretario de Estado.

Aquí, queridos lectores, ha llegado el momento en mi relato para que ocurra otro accidente para que Ignacio recobre su memoria. No quiero y no puedo, permitir que eso ocurra. Me duele pensar que Ignacio sea víctima otra vez de todo ese enjambre malévolo de malos recuerdos que antes le habían envenenado la vida, que su corazón sea campo de batalla entre el bien y el mal. Escenario traumático del cinismo anterior y el idealismo actual, la paz ganada ahora y la guerra perdida en el pasado.

Prefiero dejarlo en el colmo del triunfo y la gloria que él se ganó. Quiero que se case y tenga hijos y que pueda decir, "Mi familia empezó conmigo."

Que sus hijos recuerden sólo cosas buenas.

people came to the attention of the party leaders and the president.

He was invited to dinner at the White House. It was a pleasant surprise to discover that he was the only guest. The president wanted to meet him to see if what he had heard was true.

As a result of that conversation Ignacio became the spokesman for the president, something like ambassador plenipotentiary for the Chief of State. He went on delicate missions all over the world, specially to Latin America. He achieved incredible diplomatic successes for the president and for the nation. The process culminated with his appointment as Secretary of State.

At this point, dear readers, the moment has arrived in my tale for another accident to take place and for Ignacio to regain his memory. I don't want to, and I cannot permit that to happen. It hurts me to think that Ignacio will again be the victim of all that evil swarm of bad memories that had poisoned his life before, that his heart be the battleground between good and evil. A traumatic stage for the previous cynicism and present idealism, the peace won now and the war lost in his past.

I prefer to leave him on the peak of victory and glory which he won for himself. I want him to get married and have children and for him to be able to say, "My family begins with me."

I want his children to remember only good things.

Dos espejos

Two Mirrors

Dos espejos

Felima era una niña de nueve años. Era la consentida de toda la familia. Los abuelos, los tíos y los padres, los amigos y los vecinos, todos, veían en ella la niña ideal y vertían sobre ella su cariño. Era alegre y traviesa por un lado, y obediente y dulce por el otro. Era una damita en todo sentido.

La niña tenía una rareza que la distinguía y que resultaba en una verdadero encanto. Era una actriz de primera. Organizaba a los niños de su edad en auténticas producciones teatrales. Claro, ella era la estrella siempre. A veces era maestra, o enfermera, o la mamá, o una aventurera en safari en Africa. Cuando veía televisión o leía sus libros se sabía que estaba especulando cómo poner la acción en escena.

Le gustaba ponerse la ropa de su mamá, incluso los zapatos de tacón alto. Se pintaba los labios y los ojos. Hasta se ponía pelucas de su mamá. La mamá la dejaba hacer todo esto. No había nada malo en ello, y además así se entretenía.

Aquello era algo de ver. La dedicación y la fascinación de Felima era tal que convertía a todos. Los diálogos y tramas que componía eran para impresionar a cualquiera. Los mayores adandonaban sus tareas, su televisión o su periódico para observar sus creaciones artísticas. Todo llevado a cabo con tin tin, con gracia y con talento. Felima tenía un público adulador. Era estrella de teatro de verdad. Además tenía caminos de real fantasía que la llevaban a esferas desconocidas. Su vida era rica.

Cuando Felima cumplió diez años, su mamá le regaló un espejo de mano para su cumpleaños. Parecía el regaló indicado para una actriz. Por casualidad su abuela le regaló un espejo idéntico, por la misma razón. Cuando se descubrió que los dos regalos estaban duplicados la abuela quiso cambiar el suyo, pero Felima insistió en quedarse con los dos.

Esto parece ser insignificante. ¿Quién iba a saber que

Two Mirrors

Felima was a nine-year-old child, the family's favorite. The grandparents, uncles, aunts, friends and neighbors considered her an ideal child and showered her with their affection. She was cheerful and playful on one side, and obedient and sweet on the other.

The little girl had something special that set her off and made her truly charming. She was a first class actress. She organized the children of her age in authentic theatrical productions. Naturally she was always the star. Sometimes she was a teacher, or a nurse, or a mother, or an adventures on safari in Africa. When she watched television or read her books, one could tell that she was speculating on how to put the action on the stage.

She liked to put on her mother's clothes, including high heel shoes. She put on rouge, and used lipstick and eye shadow. She even put on her mother's wigs. Her mother allowed her to do this. There was no harm in it, besides she kept herself busy that way.

All of that was something to see. Felima's dedication and fascination was such that it converted everyone. The dialogues and plots she composed could impress anyone. The grown-ups would leave their tasks, their television, or their newspaper to watch her artistic creations. Everything carried out with a spark, with grace, and talent. Felima had an adoring public. In addition, she had avenues of fantasy that carried her to unknown regions. Her life was rich.

When Felima had her tenth birthday, her mother gave her a hand mirror as a birthday present. It seemed the gift for an actress. Accidentally her grandmother gave her an identical mirror for the same reason. When they found out that they had duplicated the gifts, the grandmother wanted to exchange hers, but Felilma insisted on keeping both.

estos dos espejos le iban a complicar la vida a Felima de una
manera espantosa?

Ocurrió algo muy extraño. Cuando Felima se miraba en
un espejo, veia su cara familiar y acostumbrada. Cuando se
miraba en el otro, veía una cara totalmente desconocida. Una
cara cínica, un tanto maligna, desplicente.

La primera vez que esto ocurrió el choque fue espantoso
e incomprensible para Felima. Su primer impulso fue
deshacerse del segundo espejo. Pero la cara rebelde y atrevida
del segundo espejo la fascinaba. Era como si fuera otra ella.
Otra ella que siempre habia existido dentro de ella.

Surgió un conflicto entre las dos. Felima le llamó a la
segunda, Malina. Malina le llamó a Felima, Bonina. No había
manera en que las dos se llevaran.

A veces dominaba una. A veces dominaba la otra.
Cuando era el turno de Malina, hacia cosas malas, y claro, era
Felima la castigada. Malina se holgaba en hacerle la vida
difícil a Bonina.

La familia y los maestros pronto se dieron cuenta de la
extraña conducta de Felima. No supieron como explicarlo.
Felima que siempre había sido tan obediente y dulce, ahora, a
veces, era rebelde y malcriada. Berrinches, mentiras y
maldades.

A veces sorprendían a Felima hablando sola, al parecer.
No le daban importancia porque creían que estaba
componiendo o ensayando un drama. No era que estuviera
hablando sola. Estaba discutiendo con Malina. Como sigue:

—Bonina, tú eres una estupida beata. No te quiero.

—Y, tú, Malina, eres una malvada. Y yo no te quiero a
tí.

—No puedo aguantarte,.

—Ni yo a,ti. ¿Porqué no te vas a otra parte?

—Véte, tú.

—Yo estaba muy contenta hasta que viniste tú. El
maldito espejo te trajo.

—Yo no estoy en el espejo. Estoy en tí.

Estas discusiones no llegaban a ninguna parte. Al
parecer no había solución al problema. Bonina era víctima de

This appears to be insignificant. Who was going to know that these two mirrors were going to complicate Felima's life in a frightening way?

Something very strange happened. When Felima looked in one mirror, she saw her familiar, everyday face. When she looked in the other one, she saw a totally unknown face. A cynical, somewhat evil, unpleasant face.

The first time this happened the shock was frightening and incomprehensive for Felima. Her first impulse was to get rid of the second mirror. But the rebellious and bold face of the second mirror fascinated her. It was as if it were another self. Another self that had existed inside her always.

A conflict arose between the two. Felima called the other face Malina. Malina called Felima, Bonina. There was no way the two of them could get along.

Sometimes one was in control. Sometimes the other. When it was Malina's turn, she did bad things, and, of course, it was Felima who was punished. Malina delighted in making life difficult for Bonina.

The family and the teachers soon noticed Felima's strange behavior. They didn't know what to make of it. Felima, who had always been so obedient and sweet, was now sometimes rebellious and naughty. Fits, lies, and misbehavior.

They sometimes surprised Felima talking to herself, it seemed. They didn't pay attention because they thought she was composing or practicing a play. She wasn't talking to herself. She was arguing with Malina. As follows:

—Bonina, you're a stupid goody-goody. I don't like you.

—And, you, Malina, are wicked. And I don't like you.

—I can't stand you.

—I can't stand you. Why don't you go away?

—You go.

—I was very happy until you came. That awful mirror brought you.

—I'm not in the mirror. I am in you.

These discussions didn't go anywhere. Evidently there was no solution to the problem. Bonina was the victim of the evil girl in the mirror. On one of these occasions, more heated

la niña maligna del espejo. En una de estas ocasiones, más acalorada que de costumbre, el argumento se puso tan furioso que Malina le lanzó su espejo a Bonina. El espejo se estrelló en la pared y se hizo pedazos.

Bonina se quedó agazapada, asustada, sin atreverse a mover ni a decir nada. Esperando otro asalto. No ocurrió nada. Sólo paz y silencio. Poco a poco fue aceptando el hecho de que Malina había desaparecido. Había existido sólo en el espejo. Cuando el espejo se rompió, dejó de existir. El tormento de Felima había terminado.

Otra vez volvió Felima a ser la luminosa estrella del teatro, de la casa y de la escuela. Bonina y Malina eran nombres que ella quería olvidar.

than usual, the argument became so fierce that Malina threw her mirror at Bonina. The mirror hit the wall and broke into pieces.

Bonina huddled cowering, scared, not daring to move or speak. Expecting another attack. Nothing happened. There was only silence and peace. Little by little she began to accept the fact that Malina had disappeared. She had existed only in the mirror. When the mirror was broken, she ceased to exist.

Once again Felina became the luminous star of the theater, the house and the school. Bonina and Malina were names she wanted to forget.

El nombre, y nada más

☖

A Name, That's All

El nombre y nada más

José Antonio se despertó lentamente. Abrió los ojos y se quedó pensando largo rato. Estaba seguro que había soñado algo que lo había estremecido. Pero no sabía qué. Por mucho que se esmerara no logró recordar nada.

Por alguna razón esto pareció irritarle. En vez de olvidarse de todo siguió con su tesón de revelar lo soñado. Por fin acertó con algo. Poco a poco, y con mucho cuidado, para no perderlo, lo fue sacando como un pez. Lo sacó del sueño resbaladizo y vibrante: un nombre de mujer.

Catalina Burgos. Nada más. José Antonio husmeó por todos sus recuerdos buscando a la persona que correspondía a ese nombre. Sin resultado.

El nombre seguía intrigándolo, fascinándolo. Por el día en el trabajo se distraía. Sin querer se encontraba rumiando. De noche seguía la obsesión. Exploraba los laberintos de su ser, los rincones escondidos de su mente buscando una mujer sin cara ni cuerpo, sin olores ni colores, sin voz ni amor. ¿Quién era Catalina Burgos?

Todo esto es bien curioso. Lo normal es olvidar el nombre y recordar a la persona. A José Antonio parece perseguirlo lo bizarro y lo barroco. La Feria Artesanal del Estado quiso homenajearlo. El letrero que pusieron ante su mesa decía *Artista Honrado de la Fiera*. A él le salen las cosas al revés con mucha frecuencia.

Entretanto la búsqueda continuaba. Iba por el mundo con un nombre buscando una mujer a quien ponérselo. Algo así como el príncipe de la Cenicienta con su chinela de vidrio. Las probaba a todas, las conocidas, las extranjeras. Las altas y las bajas, las flacas y las gordas. Las bellas y las feas, las malas y las buenas. Esto a pesar de que a él le hicieran muy poca gracia las feas y las gordas. Pero tenía qué saber. Nada. Nada más nada.

A Name, That's All

    José Antonio awakened slowly. He opened his eyes and remained thinking a long while. He was certain that he had dreamed something that had shaken him very much. But he didn't know what. Try as he might, he was unable to remember anything.

    For some reason this seemed to irritate him. Instead of forgetting the whole thing, he persisted in trying to recall what he dreamed. Finally he latched on to something. Little by little, and very carefully so as not to lose it, he drew it in like a fish. He pulled it out of the dream, slippery and vibrant: a woman's name.

    Catalina Burgos. That's all. José Antonio went through all his memories in search of the person who belonged to that name. Without success.

    The name continued to intrigue him, fascinate him. During the day at work his mind would wander off. Without meaning to, he found himself ruminating. The obsession continued at night. He explored the labyrinths of his being, the hidden corners of his mind, looking for a woman without a face or body, without perfume or color, without a voice or love. Who was Catalina Burgos?

    All of this is quite strange. The normal thing is to forget the name and remember the person. The bizarre and baroque seemed to follow José Antonio. The state Fair Artesanal honored him. The plaque they placed in front of his table read *Honored Artist of the Beast*. Things frequently came out backwards for him.

    Meanwhile the search continued. He went around with a name looking for a woman to attach it to. Something like the prince and his glass slipper with Cinderella. He tried them all, the ones he knew and the ones he didn't. The tall ones and the short ones, the thin ones and the fat ones. The pretty ones and

Tocó que hubo una reunión del vigésimo aniversario de la clase de secundaria de José Antonio. Asistieron los egresados de todas partes del país y hasta del extranjero. La ocasión era bien sentimental y, claro, José Antonio asistió a todas las sesiones.

La última noche fue noche de gala con banquete y baile. La orquesta tocaba música sentimental de otro tiempo. Todos andaban intoxicados de nostalgia y sentimiento. Las copas llenas se vaciaban y se volvían a llenar. todo era alegría. Los recuerdos y requiebros volaban de boca en boca.

En el tumulto y en el barullo, en la densa atmósfera sentimental, una mujer se acerca a José Antonio y le dice,

José Antonio, ¿no me conoces? Yo soy Catalina Burgos.

El no la reconoce de imediato. Poco a poco, y dolorosamente, aquel nombre y esta persona se van fundiendo en una sola imagen.

Ella había sido su prometida. Eran novios. Se querían mucho y se iban a casar. Luego de repente, y sin aviso, ella desapareció. José Antonio se quedó molido y destruído.

Catalina no dejaba de hablar. Animada por una máquina interior de resentimiento y rencor le contó a José Antonio como su matrimonio había sido un desastre, sus hijos un desencanto, su vida una tragedia. Le dijo que había llorado muchas veces no haberse casado con él, e insinuó que ahora que estaban los dos solos, podrían empezar de nuevo.

José Antonio oyó—no escuchó—este rosario, esta letanía de dolores sin mucha simpatía y poca atención. Lo que sentía era un profundo agradecimiento a la Providencia por haberle sacado a un enemigo de su vida, por haberle liberado de mil penas e infinitos sinsabores.

Con razón la había olvidado. El recuerdo tiene la capacidad de olvidar todo lo feo y recordar sólo lo bello. Romantizar el pasado.

José Antonio balbuceó algo vago e impreciso y, como perfecto caballero, se despidió de la dama de ayer y abandonó la fiesta. Le había costado tanto trabajo y tanto anhelo resucitar una memoria para descubrir que la memoria estaba mejor perdida.

the ugly ones, the good ones and the bad ones. In spite of the
fact that he was not at all turned on by the fat and the ugly
ones. But he had to know. Nothing, nothing at all.

It happened that there was a twentieth anniversary
reunion of José Antonio's graduating class. The graduates
came from all over the country and even from abroad. The
occasion was quite sentimental and, naturally, José Antonio
attended all the sessions.

The last night was a gala affair with a banquet and a
dance. The orchestra played sentimental music of long ago.
Everyone was intoxicated with nostalgia and sentimentality.
Full glasses were emptied and filled up again. Good cheer
everywhere. Memories and compliments floated from mouth to
mouth.

In the tumult and confusion, in the dense sentimental
atmosphere, a woman approaches José Antonio and speaks to
him.

Don't you know me José Antonio? I am Catalina Burgos.

He doesn't recognize her immediately. Little by little,
and painfully, that name and this person merge into a single
image.

She had been his fiancée. They were sweethearts. They
loved each other and were going to get married. Then, suddenly, without warning, she disappeared. José Antonio was
crushed and destroyed.

Catalina didn't stop talking. Animated by an internal
machine of resentment and rancor she told José Antonio how
her marriage had been a disaster, her children a disenchantment, her life a tragedy. She told him she had cried many
times for not marrying him, and she insinuated that now that
they were both single, they could start over again.

José Antonio heard—not listened to—this rosary, this
litany of sorrows with very little sympathy and with less attention. What he felt was a deep gratitude to Providence for
having removed an enemy from his life, for having freed him
from a thousand worries and infinite disappointments.

No wonder he had forgotten her. Memory has the
capability of forgetting all that is ugly and remembering all

Se retiró contento y conforme. Convencido que sería muy fácil volver a olvidar el nombre Catalina Burgos y a la mujer que correspondía a ese nombre.

Los sueños, como los recuerdos, dejan muchas zonas en la sombra. Acaso sería mejor no provocarlos, no resuscitarlos.

Al fin, toda la vida es sueño, y los sueños, sueños son.

that is lovely. Romanticizing the past.

José Antonio muttered something vague and imprecise, and like a perfect gentleman, he said goodbye to the lady of yesterday, and left the party. He had striven so hard and with so much emotion to bring back a lost memory only to discover that the memory was better forgotten.

He left happy and satisfied. He was convinced that it would be very easy to forget the name Catalina Burgos and the woman who belonged to that name.

Dreams, like memories, leave many areas in the shadows. Perhaps it would be better not to provoke them, not bring them back to life. After all, all of life is a dream, and dreams are also dreams.

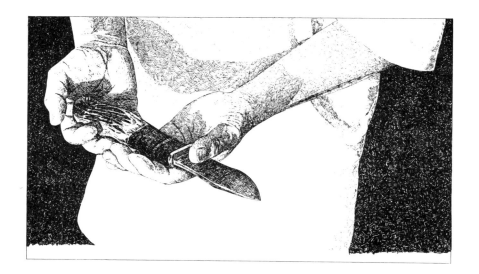

Monte Abrán

Mount Abrán

Monte Abrán

Fui a ver a doña Matilde. Unos le decían bruja. Otros
le decían curandera. Era más vieja que la lumbre. Tenía
arrugas sobre arrugas. Su cara parecía un mapa geológico. En
el fondo de esa cara acanalada lucían unos ojos negros, como
dos capulines, inteligentes, sapientes, satánicos.

Estaba envuelta toda en una manta de mala y triste
suerte. Como acurrucada para sí misma. Concentrando todas
sus fuerzas y energías para dentro, cancelando todas las
fuerzas exteriores. Los ojos brillaban con una intensidad
avasalladora. Quemando, picando, dominando. Debajo de la
manta, debajo de la larga falda, unas babuchas viejas, sucias y
amorfas.

Estábamos en la cocina. Por todos lados ristras de
semillas, hierbas y amuletos. Aromas pungentes y sensuales,
mezclados con el olor de tortillas, caldos y azados. Un calor y
un olor en todo sentido atractivo. La luz suave y adormecida.
La lanza de su mirada me clavaba en la pared.

—Doña Matilde, he venido a usted porque usted sabe
mucho. Yo quiero que usted me diga cosas.

—Mi hijito, yo sé que la noche viene antes del día, que la
primavera viene antes del invierno, que la tormenta viene
antes de la calma, que el sol siempre arde pero nunca se
quema, que el hombre es padre de la mujer y que la mujer es
madre del hombre.

La conversación siguió por este camino. Doña Matilde
continuó recitando raros aforismos. Cada uno más estrafalario
que el anterior. De pronto:

—¿Qué es lo que quieres saber?

—Doña Matilde, quiero saber porqué le llamamos a
nuestro monte *El monte Abrán?*

—Mi hijito, es una vieja leyenda. Nos viene desde
tiempos muy antiguos. Se trata de costumbres que ya no
existen.

Mount Abrán

I went to see Doña Matilde. Some people called her a witch, others called her a healer. She was older than fire. She had wrinkles on her wrinkles. Her face looked like a geological map. From the depths of that corrugated face shone two black eyes, like two choke cherries, intelligent, sapient, and satanic.

She was wrapped up in an old and tattered blanket. Sort of huddled up to herself. Concentrating all her strength and energy to the inside, canceling all external forces. Only the eyes shone with an overwhelming intensity. Burning, piercing, dominating. Below the blanket and the long skirt, a pair of shapeless, old and dirty slippers.

We were in the kitchen. Strings of seeds, herbs, and amulets everywhere. Pungent and sensual aromas, mixed with the smell of tortillas, stews, and roasts. A warmth and a smell, attractive in every way. The light soft and sleepy.

The lance of her gaze fixed me to the wall.

"Doña Matilde, I've come to see you because you know so much. I want you to tell me things."

"My son, I know that the night comes before the day, that spring comes before winter, that the storm comes before the calm, that the sun is always burning but never burns up, that the man is the father of the woman, and that the woman is the mother of the man."

The conversation continued along these lines. Doña Matilde kept on reciting strange aphorisms. Each one stranger than the one before. Suddenly:

"What is it you want to know?"

"Doña Matilde, I want to know why we call our mountain Mount Abrán?"

"My son, it is an old legend. It comes to us from very ancient times. It deals with customs that no longer exist."

"Tell me, Doña Matilde, please."

What follows is what she told me. It is the story of two

—Dígame, doña Matilde, por favor.

Aquí sigue lo que ella me contó. Es la historia de unos amantes.

Abrán y Zenobia se querían, desde lejos. Nada formal. Nada dicho. La ilusión de él era casarse con ella. Ella parecía compartir la misma esperanza.

En esos días los padres eran muy estrictos con las hijas. Las vigilaban mucho. De modo que era bien difícil para Abrán acercarse a Zenobia. Cuando alguna vez se encontraban por casualidad, las miradas que cambiaban eran bien elocuentes y ondas de viva electricidad.

El pueblo estaba situado al pie de un monte. Los bosques y alamedas que crecían en sus laderas llegaban hasta el pueblo mismo. Los aldeanos pastoreaban sus vacas, ovejas y cabras en las colinas. De un manantial del seno de la montana fluía un arroyo de agua fría y cristalina que corría al lado del pueblo y desembocaba en una presa que servía para regar los campos.

Ya hacía tiempo que un oso estaba matando ganado. Con demasiada frecuencia aparecía una ternera, una oveja o una cabra muerta donde la fiera se había saciado. Era tan atrevido que bajaba hasta los corrales de noche a satisfacer su apetito. Algunos lo habían visto desde lejos y decían que era un verdadero monstruo.

Los hombres del pueblo habían salido a cazarlo una y otra vez sin ninguna suerte. Aparecía y desaparecía como por magia. Parecía que se burlaba de ellos. Vigilaban una matanza que había hecho esperando que volviera a ella. Pero no volvía. Al parecer a ese oso no le gustaban sobras. Prefería carne fresca siempre. Oso osado ese.

Zenobia era la doncella más bella de esas tierras. Lucía en su persona la luz de la alegría, y ardía en ella el fuego del amor. Abrán era el más guapo, más fuerte y más valiente. Era nada menos que todo un hombre. Todo el pueblo estaba seguro que un día se casarían. Por selección natural, por la voluntad de Dios. No obstante, seguían apartes, por respeto a las tradiciones, por respeto de uno al otro, acaso por esquivez.

Era la costumbre en ese pueblo que cuando un joven quería casarse con una muchacha, le enviaba su cuchillo con un mensajero. Si ella le devolvía el cuchillo con otro mensajero

lovers.

Abrán and Zenobia loved each other, from afar. Nothing formal. Nothing said. Abrán's dream was to marry her. She seemed to share the same hope.

In those days parents were very strict with their daughters. They watched them all the time. So it was quite difficult for Abrán to approach Zenobia. When they ran into each other accidentally, the looks they exchanged were certainly eloquent and expressive, waves of living electricity.

The village was situated at the foot of a mountain. The forests and groves that grew on its sides came down to the village itself. The villagers grazed their cows, sheep and goats on the slopes. From a spring in the bosom of the mountain there came a stream of cold, clear water that flowed beside the village and emptied into a dam that served to irrigate the fields.

For some time now a bear had been killing stock. Much too often a heifer, a sheep or a goat showed up dead where the beast had gorged itself. It was so bold that it came down to the pens themselves at night to satisfy his hunger. Some had seen him from a distance and claimed he was a veritable monster.

The men of the village had gone out to hunt him down over and over again without any luck. He appeared and disappeared as if by magic. It seemed he was mocking them. They would stand watch over a killing, hoping that he would return to it. But he didn't return. Apparently that bear didn't like leftovers. He preferred fresh meat always. A bold bear he was.

Zenobia was the loveliest maiden in the area. The light of laughter shone in her person, and the fire of love burned in her. Abrán was the handsomest, strongest and bravest of the young men. He was nothing less than a total man. The whole village was sure that some day they would marry. Because of natural selection, because of the will of God. In spite of all this, they remained apart, due to respect of tradition, respect for each other, perhaps due to shyness.

It was the custom in that village that when a young man wanted to marry a young lady, he sent her his knife by messenger. If she returned the knife by messenger, the answer was no. If she returned the knife in person, the answer was yes.

quería decir que no. Si ella le devolvía el cuchillo en persona
quería decir que sí.

Ya hacía tiempo que Abrán había estado puliendo y
amolando su cuchillo. Brillaba como plata. Estaba dispuesto
ya a tomar el paso decisivo, enviárselo a Zenobia. Con su
propio puño y letra escribió el siguiente verso para enviarlo con
el cuchillo:

> Con el filo del chuchillo te ofrezco mi
> albedrío, mi orgullo y mi apellido, mi vida, y mi
> destino.

Pero, se le antojó ir antes al monte a matar al oso
enemigo. Quizás sería para impresionar a su enamorada, o
demostrarle que era digno de ella. Salió temprano por la
manaña sin más arma que su cuchillo, decidido a trabarse
mano a mano con el monstruo de la montaña.

No volvió esa tarde, ni esa noche. La mañana siguiente
salieron a buscarlo. Lo hallaron muerto colgando de un gancho
de un árbol. Tenía el cuerpo cubierto de arañazos y mordidas.
Sorprendentemente, tenía la cara limpia, serena e intocada.
Su cuchillo estaba cubierto de sangre. Uno se pregunta, ¿qué
pasó? Seguramente hubo una lucha feroz y fatal. Lo misterioso
es. ¿Por qué colgó el cuerpo en un árbol? ¿Sería un gesto de
desafío y reto? ¿No se comió a Abrán porque estaba muy herido
y agotado, porque no tenía hambre o porque no le gustaba la
carne humana? No hay manera de saberlo.

Alguien le dio el cuchillo a Zenobia junto con el verso de
Abrán. El día del entierro Zenobia le devolvió el cuchillo a su
dueño en persona, según era la vieja costumbre y porque ella lo
deseaba ardientemente. Sobre el pecho llevaba el verso de su
querido. Allí, en aquel momento, tuvo lugar un misterioso
matrimonio espiritual.

Zenobia se hizo monja. Por las noches en su celda a
solas, Zenobia leía y releía el verso de su difunto esposo.
Lloraba y rezaba por él.

El oso asesino nunca se volvió a ver. Se supuso que
Abrán lo había herido a muerte y que volvió a su cueva a morir.
Entonces la gente del pueblo empezó a llamarle a la montaña
Monte Abrán.

For some time now Abrán had been polishing and sharpening his knife. He had made up his mind to take the decisive step, send it to Zenobia. In his own handwriting he wrote the following lines to send with the knife:

With the edge of my blade I offer you my free will, my pride and family name, my life and my destiny.

But he got it into his head to go to the mountain first to kill the enemy bear. Perhaps it was to impress his beloved, or to show her he was worthy of her. He left early in the morning with no other weapon than his knife, determined to meet the monster of the mountain one to one.

He didn't come back that afternoon, nor that night. The following morning the villagers went out to look for him. They found him dead, hanging from a branch of a tree. His body was covered with gashes and bites. Surprisingly, his face was clean, serene and untouched. His knife was covered with blood. One wonders what happened. Evidently there was a fierce and fatal fight. The mystery is, why did the bear hang the body on a tree? Was it a gesture of defiance? Did he not eat Abrán because he was severely wounded and exhausted, because he wasn't hungry, or because he didn't like human meat? There is no way of knowing.

Somebody gave Zenobia the knife along with Abrán's poem. The day of the burial Zenobia returned the knife to its owner in person, according to custom, and because she wanted to, desperately. Over her heart she carried her lover's poem. There, at that moment, a mysterious spiritual marriage took place.

Zenobia became a nun. At night, alone in her cell, Zenobia read and reread the poem of her deceased husband. She cried and prayed for him.

The killer bear was never seen again. It was assumed that Abrán had wounded him mortally and that he returned to his cave to die. Then the people of the village began to call the mountain *Mount Abrán*.

El hijo de la muerte

The Son of Death

El hijo de la muerte

En el vasto llano o en el inmenso cielo del tiempo el
origen de El Lago Milagro ni siquiera se puede ver. Se sabe
que antes, quién sabe cuándo, habían existido allí unas
inmensas cavernas, que, por erosión, o acaso por un terremoto,
el cielo de las cavernas se había desplomado. Quedó un
tremendo cráter que pronto se llenó de agua, surtido por el río
subterráneo que antes había formado las cavernas.

En el fondo del lago quedan todavía trozos de
estalagmitas que se alzan grotescos hacia arriba. Hay
fragmentos y arena de estalagtitas. Esto lo han visto los buzos
que hacen deporte en sus profundidades. Hay en sus aguas
unos peces muy raros que no existen en ninguna otra parte.
Dicen que son fósiles, resuscitados por el agua. En tiempos
modernos se han sembrado allí truchas y otros peces de los
viveros donde llegan a alcanzar tamaños sorprendentes. Al
parecer la alimentación natural del lago es muy nutritiva.

Hoy día El Lago Milagro es un centro turístico,
deportivo y recreacional. Allí vienen los aficionados a la
náutica, la pesca, la natación, el buceo o el camping. En los
alrededores hay venado y caza menor.

Al lado del lago nació una población que en nuestros
días es ya una pequeña ciudad. Se llama Milagro también y
vive del lago y por el lago en grata prosperidad. El lago atrae a
muchos visitantes que dejan mucha plata en los hoteles,
almacenes, gasolineras y restaurantes. Se venden allí como
curiosidades miles de pequeños trozos de cristal formado en las
cavernas.

El lago contribuye a la vida económica de Milagro de
otra manera. Sus aguas riegan las tierras del vasto valle. De
modo que florecen allí la agricultura y la ganadería. Las
cosechas son increíbles.

Hay muchas leyendas sobre el lago. Se le atribuyen

The Son of Death

The origin of Lago Milagro can be seen neither in the vast plains nor in the immense skies of time. We know that long ago, who knows when, immense caverns existed there, whose ceilings, either by erosion, or perhaps because of an earthquake, had caved in. A tremendous crater was left which promptly filled with water, fed by the underground river that had formed the caverns.

At the bottom of the lake there still remain stumps of stalagmites that rise grotesquely to the top. There are stalactite fragments and sand. These have been seen by divers who explore its depths. There are strange fish in its waters that do not exist anywhere else. They say they are fossils revived by the water. Trout and other fish from hatcheries have been planted there in modern times where they achieve astounding sizes. It appears that the natural food of the lake is very nutritious.

At the present time Lago Milagro is a tourist, sport, and recreational center. Fans of sailing, fishing, diving, and camping come there. There are deer and small game in the area.

A town grew alongside the lake which in our days has become a small city. Its name is also Milagro, and it lives for and off the lake in pleasant prosperity. The lake attracts many visitors who leave a great deal of money in the hotels, shops, gasoline stations, and restaurants. Thousands of small chunks of crystal formed in the caverns are sold there as souvenirs.

The lake contributes to the economic life of Milagro in another way. Its waters irrigate the farm land of the vast valley. So agriculture and stock raising flourish there. The harvests are unbelievable.

There are many legends about the lake. Miraculous cures are attributed to its waters, which explains the name. One of these legends tells of an old man, terminally ill, who

curas milagrosas a sus aguas. De allí viene el nombre. Una de
ellas cuenta que un anciano, enfermo de muerte, se echó al
agua para suicidarse y así ponerle fin a sus penas y dolores. Se
lo tragó un inmenso pez, que según dicen, todavía vive en el
agua. Después de un mes escupió el pez al anciano, vivo,
rejuvenecido y bueno y sano. Acaso ustedes no crean esto, pero
la gente de allí sí lo cree. El Día de San Juan, niño, varón y
mujer, y muchos de por fuera, van a lavarse y bañarse en las
aguas del lago, convencidos todos que las aguas están benditas.

El lago tiene otra peculiaridad. A su lado hay un grande
hueco, resto de las cavernas. Es hondo, con paredes
perpendiculares de piedra. Por alguna razón las autoridades
de Milagro decidieron utilizar este hueco para ejecutar a los
reos de muerte en vez de la horca, la silla eléctrica o el gas.
Ataban al delincuente a un estalagmita en el fondo del pozo.
Luego, a través de una compuerta, inundaban la cavidad y
ahogaban al criminal. Después, por otra compuerta, vaciaban
el lugar. Y la justicia quedaba servida. Eficaz, sin duda.
Justo? Yo no sé.

Había por la región muchos murciélagos. Se sospechaba
que habia más cavernas aun no descubiertas. Se dedicaban
muchos a buscarlas.

Don Eusebio Viramontes era el juez del distrito en
Milagro. Parecía que había ocupado la tribuna desde siempre.
Nadie recordaba otro.

Era severo, inflexible y temible. Arbitrario y cruel. No
se le ocurrió nunca a nadie, incluso a los abogados, disputar o
protestar sus decisiones o procedimientos. Era la voz definitiva
y última de la justicia. Seguro en su autoridad y condición
económica, reinaba, decretaba y amenazaba.

Don Eusebio, ya viudo, tenía una hija. Se llamaba
Jazmín. Era ella una sonrisa de Dios en dulzura. Un sol
poniente en personalidad. Un amanecer en inteligencia. Una
noche de luna en misterio y belleza. Para el padre agrio, viejo y
feo, ella, naturalmente era su razón de ser, su orgullo y
vanidad. Puso los cinco sentidos en su Jazmín.

Jazmín asistió a una universidad en Boston y volvió a
Milagro a los veinte y cuatro años. En la flor de su juventud.

threw himself into the lake to commit suicide and put an end to his suffering. An immense fish, which they say still lives in the water, swallowed him. A month later the fish spat out the old man, alive, rejuvenated, and healthy. Maybe you don't believe this, but the people there do. On the Day of St. John, every man, woman, and child, and many from outside, go to wash and bathe in the waters of the lake, all convinced that the waters are blessed.

The lake has another peculiarity. There is a tremendous hollow on its side, a left-over from the caverns. It is deep, with perpendicular stone walls. For some reason the authorities of Milagro decided to use this cavity to execute condemned criminals instead of the gallows, the electric chair or gas. They would tie the prisoner to a stalagmite at the bottom. Then, by means of a sluice gate, they would flood the chamber and drown the culprit. Later, through another sluice gate, they would empty the cavern. And justice was served. Efficient, it was. Just? I don't know.

There were many bats in the area. It was believed that there were more caverns yet to be discovered. Many dedicated themselves to find them.

Don Eusebio Viramontes was the district judge in Milagro. It appeared he had always occupied the post. No one could remember another.

He was severe, inflexible, and intimidating. Arbitrary and cruel. It never occurred to anyone, including lawyers, to protest or dispute his decisions. He was the definitive and ultimate voice of justice. Secure in his authority and economic circumstance, he reigned, decreed, and threatened.

Don Eusebio, a widower, had a daughter. Her name was Jazmín. She was a smile on the face of God in sweetness. A break of dawn in intelligence. A moonlit night in mystery and beauty. For the father, bitter, old, and ugly, she was, naturally, his reason for being, his pride and vanity. He focused all his senses on his Jazmín.

Jazmín attended a university in Boston and returned to Milagro at the age of twenty-four. In the full bloom of her youth. At the peak of her virtues. Smiling and cheerful. Vital,

En la cumbre de sus virtudes. Risueña y alegre. Vital, pero
esquiva. Era la joya más bella y más valiosa de Milagro.
      Entonces fue cuando volvió a ver a Amarante
Cienfuegos. Habian sido compañeros de clase en la secundaria.
Luego ella se fue a Boston y el a la Universidad de New Mexico
en Albuquerque. Se graduó con honores a pesar de haber sido
estrella en el básket. Era guapo, fuerte y campechano.
      Aunque se habían hecho ojitos en la secundaria, no
había pasado de allí. Pero ahora, por esa misteriosa química y
ese inesperado horario de la vida, se enamoraron. Se
enamoraron loca, perdida, y hasta estúpidamente, como Dios
manda. No se separaban. Iban a todas partes juntos.
      A don Eusebio no le cayó nada en gracia la relación de
su hija con, según él, un mostrenco. El odiaba a Amarante,
odiaba a sus padres y hasta a sus abuelos. No por sus méritos
o falta de ellos, sino simplemente porque no los consideraba
gente decente.
      —Jazmín, tengo que hablarte en serio.
      —¿De qué, papá?
      —No me parece bien que estés viendo a ese Cienfuegos.
      —Pero, ¿por qué, papá?
      —Es que es un don nadie. Su familia no vale. A tí te
corresponde alguien de alta categoría. Tienes que pensar en
quién eres.
      —Lo quiero, papá.
      —Te prohibo que lo sigas viendo.
      —Papá, yo nunca lo he desobedecido. Nunca le he
faltado al respeto. Yo no puedo, y no quiero, decirle a mi
corazon a quién amar y a quién no amar. Amarante y yo nos
vamos a casar, quiera usted o no quiera.
      Los dos se quedaron mirando de hito en hito en silencio.
Los ojos chispeantes. Temblando. Furiosos. Parecía que la
sala se había llenado de nubes negras. Que la tormenta estaba
para estallar. De pronto, Jazmín, en un arrebato de lágrimas,
salió corriendo.
      De allí en adelante, la casa que antes había estado llena
de la alegría, las canciones y la risa de la hija y de la
presunción, el contento y buen humor del padre, ahora estaba

but shy. She was the loveliest and dearest jewel of Milagro.

She ran into Amarante Cienfuegos again. They had been classmates in high school. Then she went away to Boston, and he went to the University of New Mexico in Albuquerque. He graduated with honors in spite of being a basket-ball star. He was handsome, strong and cheerful.

Although they had flirted with each other in high school, things hadn't gone beyond that point. But now, because of that mysterious chemistry and that arbitrary time table of life, they fell in love, madly, absurdly, and even stupidly, the way God intended. They were inseparable. They went everywhere together.

Don Eusebio didn't approve at all of his daughter's relationship with–according to him–a nobody. He hated Amarante, hated his parents, he even hated his grandparents. Not because of their merits, or lack of them, but simply because they didn't belong to an acceptable social class.

"Jazmín, I have to talk to you seriously."

"What about, father?"

"I don't want you to see that Cienfuegos."

"But, why not, father?"

"He's a nobody. His family is worthless. You deserve somebody with class. You have to remember who you are."

"I love him, father."

"I forbid you to see him."

"Father, I've never disobeyed you. I have never been disrespectful. I cannot, and I don't want to tell my heart whom to love and whom not to love. Amarante and I are going to get married, with or without your consent."

The two faced each other, eyeball to eyeball, in silence. Eyes flashing. Trembling. Furious. It seemed as if the living room was invaded by black clouds. That the storm was about to explode. Suddenly, Jazmín, in a paroxysm of tears, ran out of the room. From then on, the house that had been full of the happiness, the songs, and the laughter of the daughter and the presumptuous satisfaction and good humor of the father, was now full of silence, cold, and fear. Father and daughter would sit at the table without saying a word. If they ran into each

llena de silencio, hielo y miedo. Se sentaban, padre e hija a la
mesa sin cruzar palabra. Si se encontraban por la casa no se
decían nada. Parecía que no podían, ni el uno ni el otro, iniciar
la amnistía y la armonía. Estaban los dos mortalmente
heridos. Los criados se movían por la casa como sombras.
        Tocó que ocurrió un asesinato. Alguien mató a un cierto
Ignacio. Un pretendiente de Jazmín acuso a Amarante del
crimen. No se sabe si fue por celos o a instancias de don
Eusebio. Esto parece factible, ya que el juez estaba
acostumbrado a salirse con la suya. Además, era una manera
hecha de molde de impedir un matrimonio para él repugnante.
El hecho de que Amarante fuera inocente no le importaba.
        Jazmín andaba desesperada. No podía comer, ni
dormir, ni estar. Sabiendo que una discusión con su padre se
convertiría en gritos e iras, se decidió escribirle la siguiente
carta a su padre:

> *Querido papá,*
>   *Amarante es inocente. No hay un solo*
> *motivo para que matara a Ignacio. Ni siquiera se*
> *conocían. La denuncia de Julián es mentira. El*
> *nos quiere hacer daño a Amarante y a mí.*
>   *Yo no puedo vivir sin Amarante. El es mi*
> *vida. Es mi todo. Si el muere en la caverna, allí*
> *mismo moriré yo.*
>   *Si quieres a tu hija, no dejes que muera*
> *Amarante.*
>   *Tu hija que de veras te quiere,*
>   *Jazmín*

        Don Eusebio por esos días andaba demasiado
ensimismado, preocupado y furibundo, claro. Así es que no le
hacía caso a nada que no fuera el crimen ante el tribunal, ni
siquiera a su correo. No leyó la carta.
        Llegó el día del juicio. El juez, austero, duro y tieso
como si fuera el monumento de piedra de la justicia absoluta.
El abogado de Amarante lo defendió heroicamente. Trajo un
desfile de testigos que dieron testimonio de la honradez,
bondad y respectabilidad del acusado. Testificaron que
Amarante era incapaz de cometer el crimen y que no había

other through the house, they wouldn't speak. It seemed that
neither one could initiate amnesty and harmony. They were
both fatally wounded. The servants moved through the house
like shadows.

And then a murder took place. Someone killed a certain
Ignacio. One of Jazmín's suitors accused Amarante of the
crime. It isn't known whether it was because of jealousy or
whether it was because of Don Eusebio's intervention. The
latter seems plausible since Don Eusebio was accustomed to
getting his own way. Furthermore, the situation was made to
order for impeding a wedding that was repugnant to him. The
fact that Amarante was innocent was irrelevant to him.

Jazmín was desperate. She couldn't eat, nor sleep, nor
be. Knowing that a discussion with her father would end up in
screaming and anger, she decided to write him the following
letter:

> *Dear Father,*
> *Amarante is innocent. There isn't a single*
> *reason why he should kill Ignacio. They didn't*
> *even know each other. Julián's accusation is a lie*
> *intended to harm Amarante and me.*
> *I cannot live without Amarante. He is my*
> *life. He is my everything. If he dies in the cavern,*
> *I shall die there too.*
> *If you love your daughter, don't let*
> *Amarante die.*
> *Your daughter, who truly loves you,*
> *Jazmín*

Don Eusebio was utterly absorbed, preoccupied, and
angry during that time, naturally. So he paid no attention to
anything not associated with the crime before the tribunal, not
even his mail. He didn't read the letter.

The day of judgment arrived. The judge, austere, hard,
and stiff as if he were the monument of stone of absolute justice. Amarante's lawyer defended him heroically. He brought
a parade of witnesses who gave testimony of the integrity,
goodness, and respectability of the accused. They testified that
Amarante was incapable of committing the crime and that

razón para que lo cometiera. Pero Julián se mantuvo firme en su acusación de haber visto el crimen. El juez decidió que el acusado era culpable y lo condenó a la muerte.

El día de la ejecucióin llevaron a Amarante y lo ataron a la estalagmita de ordenanza. Inundaron el pozo. No quiso don Eusebio presenciar el acto como acostumbraba, al fin y al cabo era verdugo. Estaba sentado a su escritorio. Estaba nervioso, fuera de quicio. Por mucho que tratara de justificar su acción, se sentía culpable. Sin poder enfocar en nada, sin poder orientarse, jugaba con las cartas que estaban apiladas en su escritorio. Repentinamente se percató que una de ellas tenía la letra de Jazmín. La abrió angustiosamente.

Empezó a gritar como loco. Acudieron los criados. Nadie sabía dónde estaba Jazmín. Los envió a buscarla. El salió a la calle desesperado. Sus gritos, gemidos y lloriqueos no produjeron ningún buen resultado.

Lo que no supo él, ni supo nadie, es que Jazmín habia bajado al fondo del hueco antes de que llevaran a Amarante y se había escondido allí. Cuando el agua cubrió a su novio, ella nadó a él y lo desató. Los dos fueron subiendo con el nivel del agua hasta que llegaron a piedra seca. De allí treparon hasta que llegaron a un agujero en la pared vertical de la caverna escondido en una quebrada y hasta entonces desconocido. Entraron en él y descubrieron una enorme caverna. A oscuras y a tientas atravezaron un laberinto de corredores, cada vez más angustiosos. Parecía que no había salida. Al fin, después de un tiempo interminable y una aumentada desesperanza, vislumbraron allá a lo lejos una vaga y tenue luz. Era la salida anhelada, la puerta de la vida y el amor.

Salieron al campo libre y se sentaron en el suelo. Sudorosos y abatidos. Se miraron a los ojos. Se cogieron de la mano. De quién sabe donde les brotó la risa y se rieron como dos idiotas. Así es cuando conquistas a la muerte.

En Milagro nadie supo qué pensar. Los cuerpos no aparecieron. Todo el mundo supuso que Jazmín se había ahogado con Amarante. No se habló de otra cosa por meses y meses. Decían que don Eusebio se estaba volviendo loco.

Jazmín y Amarante se fueron lejos, muy lejos, a donde

there was no reason for him to commit it. But Julián remained steadfast in his denunciation of having witnessed the crime. The judge decided that the accused was guilty and condemned him to death.

The day of the execution Amarante was taken and tied to the usual stalagmite. The cavern was flooded. Don Eusebio didn't attend the execution as he usually did; after all, he was an executioner. However much as he tried to justify his actions, he felt guilty. Unable to focus on anything, unable to organize his thoughts, he played with the letters piled up on his desk. Suddenly he noticed that one of the letters had Jazmín's handwriting. He opened it feverishly.

He began to shout insanely. The servants appeared. Nobody knew where she was. He sent them to look for her. He ran out into the street in despair. His screams, moans, and whimpers didn't produce any good results.

What he didn't know, what no one knew was that Jazmín had gone down to the bottom of the cavern before Amarante was taken there and had hidden there. When the water covered her lover, she swam to him and untied him. The two of them rose with the level of the water until they reached dry rock. From there they scrambled up until they found a hole in the vertical wall of the cavern hidden in a fissure and undiscovered until then. They went in and discovered an enormous cavern. In the dark and feeling their way they traversed a labyrinth of passageways, their anxiety growing as they went. It appeared that there was no way out. Finally, after an interminable length of time and increasing despair, they saw a vague and tenuous light in the distance. It was the hoped-for opening, the door of life and love.

They came out into the open country and sat on the ground. Sweaty and exhausted. They held hands. From somewhere laughter came. They laughed like idiots. That's the way it is when you triumph over death.

In Milagro no one knew what to think. The bodies were not found. Everyone supposed that Jazmín had drowned with Amarante. For months and months people talked about nothing else. People said that Don Eusebio was going crazy.

nadie los conociera. Allí se casaron. A su debido tiempo les
nació un hijo que coronó su felicidad y justificó con creces su
atrevimieto y sufrimiento. Le dieron el nombre de Amarante al
niño.

Cuando llegó el tiempo los padres enviaron a su hijo a
Boston a estudiar derecho. Fue con el nombre de Adán Pérez.
El cambio de nombre tenía segunda intención. El padre decia
que Pérez era el apellido de nuestro padre Adán, que Dios le
dio ese apellido a Adán cuando lo echó del paraíso y le dijo,
"Pérez serás." Les gustaba jugar con los nombres. El le decía
Minjaz a ella, y ella le decía Teamarán a él. Adán Pérez volvió
a su casa hecho todo un abogado.

Poco después aparece en Milagro un cierto Adán Pérez,
abogado. Puso sus oficinas en el centro de la ciudad y se dedicó
al ejercicio de la ley. Por supuesto nadie supo quién era.

Su amable disposición, sus bajas tarifas y buena fe
pronto empezaron a atraerle clientes. Al crecer su clientela,
creció su fama. Dentro de poco Adán empezó una labor de
acción social y cívica. Daba su tiempo y dinero a programas y
actividades para favorecer a los ancianos, a los desválidos, a los
drogadictos, a los necesitados de todo tipo. Así mismo prestó
sus esfuerzos y dinero a los proyectos culturales. Esta
actividad generosa y cariñosa no pasó sin advertir. Todo el
mundo hablaba de él con entusiasmo y carino.

Pero donde verdaderamente se lució fue en la corte.
Ganaba todos sus pleitos. Merecidamente, con talento,
preparación y pasión. El juez, don Eusebio, némesis de los
abogados, se mostraba tolerante y generoso con Adán por
razones que él mismo no se podía explicar. Sentía una extraña
simpatía, un misterioso atractivo, para con el joven.

Quiso en varias ocasiones entablar conversación con
Adán en los pasillos de la casa de cortes, pero el joven, cortés y
respetuoso, siempre se le escapaba. Hasta llegó a invitarlo a
comer a su casa y tuvo que acceder a las justas razones por qué
el abogado no podía aceptar. El viejo trataba de acercarse al
joven, y este se mostraba esquivo y remoto.

Llegó el tiempo de las elecciones. Don Eusebio, como
siempre, era candidato para juez. Esta vez tuvo oposición.

Jazmín and Amarante went far away, very far away, where no one knew them. They got married there. At the appropriate time a child was born to them who crowned their happiness and justified their daring and suffering. The joy was named Amarante.

When the time came, the parents sent their son to Boston to study law. He went by the name Adán Pérez. The change of name had a purpose. The father claimed that Pérez was Adam's last name, that God gave him that last name when He expelled him from Paradise and told him, "Pérez (perish) you will." They liked to play with names. He called her, "Minjaz," and she called him, "Teamaran." Adán Pérez returned home every inch a lawyer.

A certain lawyer, Adán Pérez, appeared in Milagro shortly thereafter. He set up his office in the center of the city and dedicated himself to the practice of law. Naturally no one knew who he was.

His pleasant disposition, his good faith and moderate fees soon began to attract clients. As his clientele grew, so did his reputation. Very soon Adán began to become involved in social and civic affairs. He gave his time and money to programs and activities that helped the aged, the poor, the drug addicts, and the needy of all kinds. In the same manner he offered his services and money to cultural and civic projects. This generous and affectionate activity didn't go unnoticed. Everyone spoke of him with enthusiasm and affection.

Where he shone the brightest was in court. He won all his cases. Deservedly, with talent, preparation, and passion. The judge, Don Eusebio, nemesis of lawyers, conducted himself with tolerance and generosity toward Adán for reasons he himself couldn't understand. He felt a strange sympathy, a mysterious attraction, for the young man.

He tried on several occasions to start a conversation with Adán in the corridors of the courthouse, but the young man, courteous and respectful, always broke it off. He went as far as to invite him to dinner at his home and had to accede to the logical reasons why the lawyer couldn't accept. The old man tried to get close to the young one, and the latter chose to

Adán Pérez se presentó como candidato. Don Eusebio no hizo mucha campaña, acostumbrado a ganar siempre. Adán, en cambio, se lanzó cuerpo y alma a las barricadas. No hubo mano que no estrechara, espalda que no palmeara, nene que no besara. Atacó al viejo juez por todas sus fechorías. Hasta sacó del pasado la muerte de Amarante y Jazmín.

Quizás porque el pueblo estaba ya cansado de la tiranía de don Eusebio, o tal vez porque Adán se había ganado su cariño y confianza, el resultado fue una rotunda derrota para el jurista de Milagro.

Quedó deshecho, mortalmente humillado. Preso de una oscura y fatal depresión. Jazmín habia llenado su corazón de vida, alegría y orgullo. Su puesto judicial habia llenado su egoísmo de vanidad y autoridad. Ahora no le quedaba nada.

Poco después de las elecciones se presentó Adán en el despacho de don Eusebio. Lo encontró sumido en el más negro letargo. Parecía que le costaba trabajo enfocar en la realidad. Tenía una mirada distraída que no se fijaba en nada. La cara suelta y floja.

Después de los saludos de ordenanza, vagos e inocuos, Adán clavó los ojos en su adversario:

—Don Eusebio, he venido a presentarme. Soy el hijo de la muerte. Usted condenó injustamente a mis padres a la muerte. De la muerte de ellos nací yo. Me llamo Amarante Cienfuegos. Soy hijo de Amarante y Jazmín. Vine a Milagro a quitarle a usted lo único que tiene, lo único que quiere, su poder, su dominio sobre la gente. He venido a demandar justicia, un noble concepto que usted nunca conoció.

Mientras Amarante hablaba era como si don Eusebio no creyera lo que estaba viendo y oyendo, como si todo esto fuera un sueño, más bien una horrible pesadilla. Quiso hablar varias veces pero no le salió palabra. Solo balbuceó ruidos inarticulados. Gesticuló grotescamente como si fuera de palo. Quiso levantarse de la silla pero no pudo. Por fin se quedó tieso con los brazos extendidos, con los ojos y la boca abiertos.

Es que había muerto.

Dijo el médico que murió de un ataque al corazón que su edad y salud no pudieron soportar. Nosotros sabemos que

be distant and aloof.

Election time came around. Don Eusebio, as usual, was a candidate for judge. This time he had an opponent; Adán Pérez was a candidate too. Don Eusebio didn't campaign very much, accustomed as he was to winning. On the other hand, Adán threw himself body and soul into the campaign. There wasn't a hand he didn't shake, a back he didn't slap, a baby he didn't kiss. He attacked the old judge for all his misdeeds. He even brought up the deaths of Amarante and Jazmín out of the past.

Maybe it was because the people were tired of the tyranny of Don Eusebio, or perhaps because Adán had earned their affection and trust, the result was a resounding defeat for the Milagro jurist.

He was demolished, mortally humiliated. A prey to a dark and fatal depression. Jazmín had filled his heart with life, happiness and pride. His judicial post had filled his egoism with vanity and authority. Now he had nothing left.

Shortly after the election, Adán showed up at Don Eusebio's office. He found him submerged in the deepest lethargy. It seemed that it was difficult for him to focus on reality. His face was loose and flaccid.

After the usual greetings, vague and innocuous, Adán fixed his eyes on his adversary:

—Don Eusebio I have come to introduce myself. I am the son of death. You condemned my parents to death. I was born out of their death. My name is Amarante Cienfuegos. I am the son of Amarante and Jazmín. I came to Milagro to take away from you the only thing you have, the only thing you want, your power, your control over the people. I have come to demand justice, a noble concept you never knew.

As Amarante spoke, it was as if Don Eusebio didn't believe what he was seeing and hearing, as if all of this were a dream, or better still, a horrible nightmare. He tried to speak several times, but he couldn't utter a word. He only stammered inarticulate noises. He gesticulated grotesquely as if he were made of wood. He tried to rise from his chair, but he couldn't. Finally he remained stiff with his arms extended,

murió de la lanza que Amarante le clavo en el corazón. Pagó por sus pecados. La justicia quedó servida.

Es el día de San Juan. La gente de Milagro anda toda por las orillas del lago. Todos esperan, como siempre, uno que otro milagro.

No hay sombra ni nube judicial que oscurezca el paisaje humano o natural.

with his eyes and mouth wide open. He had died.

The doctor said he died of a heart attack that his age and poor health could not withstand. We know he died because of the lance Adán ran through his heart. He paid for his sins. Justice was served.

It is St. John's Day. All the people of Milagro are at the lake. Everyone expects, as always, this or that miracle.

There isn't a judicial shadow or cloud to darken the natural or human landscape.